KB078581

風神 徐閏

풍신 서윤

풍신서윤 6

강태훈 新무협 판타지 소설

초판 1쇄 찍은 날 § 2016년 3월 23일
초판 1쇄 펴낸 날 § 2016년 3월 30일

지은이 § 강태훈
펴낸이 § 서경석

편집책임 § 김현미

펴낸곳 § 도서출판 청어람
등록번호 § 제387-1999-000006호
등록일자 § 1999. 5. 31
어람번호 § 제2-2649호

주소 § 경기도 부천시 원미구 부일로 483번길 40 서경B/D 3F (우) 14640
전화 § 032-656-4452 팩스 § 032-656-4453
http://www.chungeoram.com
E-mail § chungeorambook@daum.net

ⓒ 강태훈, 2015

ISBN 979-11-04-90714-2 04810
ISBN 979-11-04-90522-3 (세트)

풍신 서윤

風神絛階

6

강태훈 新무협 판타지 소설

풍신 서윤

風神徐閏

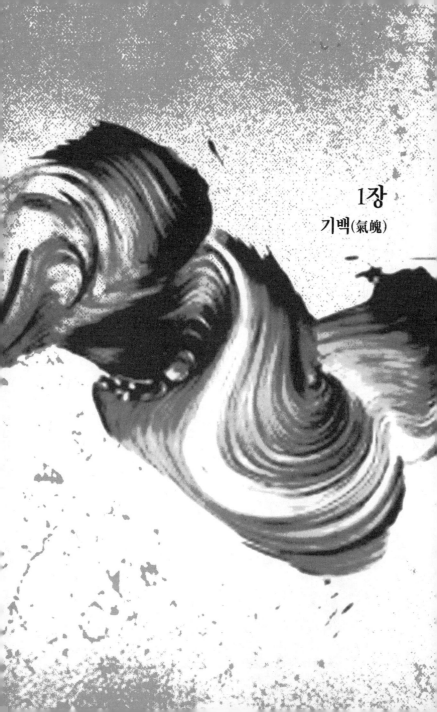

1장
기백(氣魄)

風神徐門

풍신서윤

"헉! 헉! 헉!"

호걸개가 거친 숨을 내쉬며 앞만 보고 빠르게 달렸다.

콰직!

그 순간 그의 옆쪽에 있던 나무가 부러지는 소리가 들리더니 검은 인영 두 개가 쏘아져 나왔다.

퍼펑!

호걸개의 양손에서 장력이 뿜어져 나오자 그를 공격하기 위해 뛰어내린 두 인영은 그대로 허공에서 몇 바퀴 돌더니 볼썽사납게 바닥에 고꾸라졌다.

허리의 매듭.

개방 거지들이었다.

호걸개는 그쪽으로 시선도 두지 않고 달려 나갔다.

동문에게 공격당하는 지금 상황에서도 그들을 보면 마음이 약해질 것 같았기 때문이었다.

처참한 마음을 금할 길이 없었다.

"좌측!"

그때 호걸개의 정신을 일깨우는 서윤의 목소리가 들렸다. 그에 흠칫 놀란 호걸개가 그쪽으로 시선을 두었을 때에는 이미 또 한 명의 개방 거지가 지척에 다다라 있었다.

퍽!

언제 다가왔는지 서윤의 주먹이 개방 거지를 후려치고 있었다.

"정신 차리십시오!"

그렇게 외치는 순간에도 서윤은 빠르고 강하게 연이어 뻗은 주먹으로 세 명의 거지를 쓰러뜨리고 있었다.

호걸개는 자신을 질책했다.

자신뿐만 아니라 서윤까지 죽을 수도 있는 상황이었다.

이미 몇 차례 사지를 뚫어온 서윤이었기에 자신 때문에 그런 위험에 처하게 할 수는 없었다.

하지만 동문에게 공격받는 것이 처음이 아님에도 온전히

정신을 집중하기가 어려웠다.

아니, 어쩌면 동문에게 공격받는 것 때문이 아닐지도 몰랐다.

묵걸개.

배신자가 아니라고, 믿을 수 있다고 생각해 왔던 그가 배신자였다는 사실이 가져다주는 충격 때문이었다.

호걸개가 이를 악물었다.

그리고 눈앞으로 떨어지는 개방 거지들을 응시했다.

발이 땅에 닿기가 무섭게 달려드는 그들을 보며 호걸개가 진기를 더욱 끌어 올렸다.

그의 손바닥에서 뿜어져 나오는 장력에 개방 거지 다섯이 손 쓸 틈도 없이 쓰러졌다.

공격하는 거지들의 실력은 강하지 않았다. 하지만 숫자가 상당했다.

머릿수로 밀어 붙이는 인해전술이다.

이대로 가다가는 자신은 물론이고 서윤까지도 지치고 말 것이다.

묵걸개는 그때를 노리려고 할 터.

어디선가 은밀히 자신들을 따라붙으며 기회를 엿보고 있을지도 몰랐다.

호걸개는 화가 치밀어 올랐다.

목적을 위해 개방 거지들을 희생시키는 그의 태도에도 화가 났고 묵걸개의 감언이설에 속아 자신을 공격하는 방도들에게도 화가 났다.

'방도를 찾아야 한다.'

콰콰콰쾅!

서윤의 공격이 만들어내는 폭음이 점차 커지기 시작했다.

힘이 남아돌기 때문에? 아니었다.

그러지 않고서는 개미 떼처럼 밀려들어 오는 개방 거지들을 감당하기 어려운 것이다.

지쳐가고 있다는 방증이었다.

자신은 앞만 보고 달리며 최소한의 방도들만 상대했다.

하지만 서윤은 자신을 엄호하며 더 많은 방도와 싸워 쓰러뜨렸다.

이는 동문을 상대해야 하는 자신을 배려한 처사였다.

그것을 모르지 않는 호걸개는 어떻게든 지금 이 상황을 타개할 방법을 찾기 위해 머리를 쥐어 짜내고 있었다.

물론, 그러면서도 그의 손바닥은 연신 장력을 뿜어내고 있었다.

조금 앞서 나가던 호걸개를 서윤이 따라잡았다.

겉으로 내색하지 않으려 했으나 그의 모습에서 지친 기색을 느낄 수 있었다.

"괜찮소?"

"괜찮습니다."

서윤의 대답에 호걸개가 씁쓸한 미소를 지었다.

촤르륵! 파박!

급제동하며 멈춰 선 두 사람이 땅을 박차고는 서로 교차하며 적들의 공격에 반격을 날렸다.

허물어지는 거지들.

두 사람은 다시금 땅을 박차고 있었다.

"이대로라면 끝도 없이 나타날 것이오."

"개방 거지들이 그렇게 많습니까?"

"세상에 넘쳐나는 게 거지요. 그리고 거지가 죽는다고 신경 쓸 사람도 없소. 굳이 개방도가 아니라 하더라도 인근 거지들을 끌어다가 밀어붙이면 답이 없소!"

호걸개의 대답에 이번에는 서윤이 씁쓸한 미소를 지으며 땀을 훔쳤다.

머릿수로 밀어붙이는 거지들을 상대하느니 폭렬단을 상대하는 게 낫겠다는 생각이 들 정도였다.

파바바바바바박!

주변에서 땅을 박차고 나무에서 뛰어내리는 소리가 요란하게 들렸다. 마치 순식간에 거세져 사방을 빗줄기 소리로 뒤덮는 소나기처럼.

그나마 조금씩 비치던 햇빛이 조금씩 그 힘을 잃어가더니 이내 주변이 어두워졌다.

사람이 만들어낸 천장이 해를 가려 버린 것이다.

두 사람은 한껏 진기를 끌어 올렸다.

콰콰콰콰쾅!

서윤의 주먹이 마치 포탄을 쏘아 보내듯이 권기를 마구잡이로 허공에 쏘고 있었다.

하늘을 새까맣게 메운 거지들이 서윤의 권기에 맞아 나가떨어지고 있었다.

하지만 그 속도보다 거지들이 두 사람의 위로 떨어져 내리는 속도가 더 빨랐다.

서윤은 재빨리 진기를 끌어 올렸다.

빠르게 전신을 돈 진기가 주먹에 모여들었다.

그리고 다음 순간.

크와아아앙!

폭발하는 광풍난무의 초식.

그러자 순간 서윤과 호걸개의 앞쪽으로 거대한 동굴 입구 같은 퇴로가 뚫렸다.

서윤은 그 틈을 놓치지 않았다.

호걸개의 뒷덜미 쪽을 잡은 서윤이 쾌풍보를 극성으로 펼쳐 그들의 포위에서 빠져나갔다.

광풍난무의 초식으로 퇴로를 뚫고 호걸개의 뒷덜미를 잡아 끌고 나오기까지는 말 그대로 찰나의 순간에 이뤄진 일이었다.

이미 지친 상태에서 짧은 순간에 많은 양의 진기를 사용했기 때문인지 두 사람은 포위에서 멀리 떨어지지 못했다.

"헉! 헉! 헉!"

서윤이 거친 숨을 몰아쉬었다.

그나마 다행인 점은 진기가 빠르게 채워지고 있다는 점이었다. 하지만 거지들이 곧바로 달려들었다면 위험했을 것이었다.

하지만 처음으로 목도한 광풍난무의 초식과 서윤의 기지에 거지들은 차마 달려들지 못하고 있었다.

"달릴 수 있겠습니까?"

"물론이오."

짧은 시간을 벌었을 뿐이지만 호걸개도 어느 정도 기력을 회복한 듯했다.

"곧장 뛰십시오."

파박!

서윤의 말이 끝나기가 무섭게 호걸개가 다시 달리기 시작했다. 하지만 거지들은 쉽사리 그 뒤를 쫓지 못했다.

서윤이 그들의 앞을 막고 서 있었기 때문이다.

"이들 중 마교의 편에 선 자들도 있을 것이고, 그들의 꾐에 넘어간 자들도 있을 것이오! 잘 생각하길 바라오. 무엇이 옳고 무엇이 그른지를. 지금까지는 최대한 손속에 사정을 두었지만 이 이상 따라온다면 우리도 어쩔 수 없소!"

그렇게 외친 서윤이 당당하게 가슴을 펴고 섰다.

나는 죄가 없다.

나는 정당하고 한 치의 부끄러움도 없다.

그것을 말하고 있었다.

그 기백에 밀렸을까. 거지들이 주춤하며 누구 하나 앞으로 나서려 하지 않았다.

잠시 그들을 바라보던 서윤이 등을 돌렸다.

그럼에도 거지들은 달려들지 못했다.

서윤은 곧장 땅을 박차 호걸개의 뒤를 따랐다.

*　　　　*　　　　*

설백은 눈을 뜬 후로도 한동안 말도 제대로 하지 못했다.

그에게 들어야 할 여러 가지가 있었지만 사람들은 차분하게 기다렸다.

의식을 차렸고 의선이 곁에 있으니 다시금 기력을 회복하는 데 오래 걸리지 않을 것이라는 생각이었다.

설백이 눈을 뜨고 대륙상단은 다시금 활기를 찾았다.

비록 오른쪽 손목을 잃었고 혈맥이 상해 다시 무인으로서의 삶을 살 수는 없다 하나 그의 존재감만큼은 여전히 거대했다.

그가 의식을 찾았다는 사실 하나만으로도 상단 사람들은 든든함을 느끼고 있었다.

그 어떤 위기가 찾아온다 해도 너끈히 이겨낼 수 있을 것 같았다.

그렇게 시간이 흘러 설백이 의식을 되찾은 지 나흘이 지났다.

그동안 설백은 자다 깨기를 반복했다.

제대로 음식을 먹을 수 없어 의선이 지어주는 탕약 외에 묽게 만든 죽 몇 모금만 마실 수 있을 뿐이었다.

하지만 그것만으로도 설백의 상태는 하루가 다르게 좋아지고 있었다.

고목의 껍데기 같던 그의 피부에는 조금씩 생기가 돌기 시작했고 아주 조금이지만 앙상하던 그의 몸에 살도 붙어가고 있었다.

설군우를 비롯한 그의 식솔들에게는 하루가 다르게 달라져 가는 그의 모습을 보는 것이 기쁨이고 행복이었다.

설군우는 업무를 아들인 설궁도에게 잠시 맡기고 설백의

곁을 지키고 있었다.

눈을 감고 있는 그의 얼굴을 바라보며 미소를 짓고 있을 때 설백이 천천히 눈을 떴다.

그의 초점이 점점 또렷해지는 것이 보였다.

"…우야……."

설군우는 자신의 귀를 의심했다. 작은 목소리이기는 했지만 분명 설백이 자신의 이름을 부른 것이다.

"아버지, 저 여기 있습니다."

설군우가 설백의 손을 잡으며 그에게 바짝 다가앉았다.

"미안… 하다……."

조금 전보다는 더 또렷한 목소리로 전해지는 설백의 말을 들은 설군우는 왈칵 눈물을 쏟을 뻔했다.

하지만 이를 악물고 참으며 고개를 저었다.

"아닙니다. 미안하다니요. 감사합니다, 아버지. 이렇게 살아 계셔서, 그리고 눈을 뜨셔서."

설군우의 말에 설백이 가만히 눈을 감았다. 잠시 그렇게 있던 그가 다시 눈을 뜨더니 입을 열었다.

그에 설군우는 그의 입가로 귀를 가져다 대었다.

"알겠습니다. 잠시만 기다리세요, 아버지."

그렇게 말한 설군우가 자리를 털고 일어나 밖으로 나갔다.

설백이 찾는다는 말에 설시연은 서둘러 그의 방으로 향했다. 문을 열고 들어가자 문 쪽을 쳐다보고 있는 설백의 모습이 눈에 들어왔다.

설시연은 설백의 곁에 앉아 그의 손을 잡았다.

매번 잡을 때마다 힘 하나 들어가지 않던 그의 손이건만 지금은 확실히 느껴질 정도로 힘이 있었다.

"할아버지."

설시연이 가만히 그를 불렀다. 그에 설백이 눈시울을 붉히며 작게 고개를 끄덕였다.

"할아버지 얼른 기운 찾으세요. 듣고 싶은 이야기도 많고 해드리고 싶은 이야기도 많아요."

설시연의 말에 설백이 다시 한 번 고개를 끄덕였다.

사실 지금 가장 답답한 사람은 설백이었다.

의식을 찾은 후 몸이 마음 같지 않으니 말이다.

기억이 온전하지는 않지만 자신이 기억하고 있는 것, 알고 있는 것을 알려줘야 한다는 생각이 강했다.

그리고 얼마나 시간이 흘렀는지, 그리고 그동안 무슨 일이 있었는지도 궁금한 것이 많았다.

하지만 지금은 참을 수밖에 없었다.

그리고 그때를 알고 차분하게 참는 법을 너무나 잘 아는 사람이 바로 설백이었다.

　　　　　*　　　　*　　　　*

　다행히 앞서 나간 호걸개에게 거지들의 공격은 거의 없었다. 아무래도 방금 전의 그 한 번을 위해 기다린 듯했다.

　그들에게는 좋은 기회였다.

　그만큼 호걸개도, 서윤도 지친 상태였기에 수십 명이 한 번에 달려드는 것을 쉽게 당해낼 재간은 없었다.

　반대로 그들에게 불행이 있다면, 그들이 생각했던 것보다 서윤의 상태가 나쁘지 않았다는 것이었다.

　결정적 한방과 짧은 순간의 틈을 포착하는 머리 회전이 아니었다면 호걸개와 서윤은 그곳에서 목숨을 잃었을지도 몰랐다.

　"아무 일 없었습니까?"

　"그렇소."

　자신의 상태를 빠르게 훑으며 묻는 서윤에게 호걸개는 짧은 대답과 함께 고개를 끄덕였다.

　"서두르죠."

　"근처에 냇가가 있는 듯하니 그쪽으로 방향을 잡는 것이 좋겠소. 사방으로 둘러싸이는 것보다는 한 방위라도 틔워 놓는 게 낫지 않겠소?"

"좋습니다."

서윤이 동의하자 고개를 끄덕인 호걸개는 물소리가 들리는 쪽으로 방향을 잡았다.

오래 걸리지 않아 두 사람은 냇가를 발견할 수 있었다.

땀도 나고 흙먼지도 뒤집어쓴 탓에 씻고 싶은 마음이 굴뚝 같았지만 두 사람은 누구 하나 발걸음을 떼지 않았다.

냇가에 앉아 한가로이 낚싯대를 드리우고 있는 노인 때문이었다.

호걸개는 그의 정체를 알고 있었고 서윤은 그의 정체는 모르지만 심상치 않은 분위기를 느끼고 있었다.

두 사람의 기척을 느꼈을까.

노인이 천천히 자리에서 일어났다. 그러고는 허리가 아프다는 듯 이리저리 골반을 흔들더니 몰랐다는 듯 두 사람 쪽을 바라보았다.

"아니, 호 장로 아니신가?"

노인이 놀란 표정으로 호걸개에게 말을 걸었다. 그러고는 천천히 그를 향해 몇 걸음 다가갔다.

그러자 호걸개가 뒤로 물러섰다. 그에 노인도 발걸음을 멈추고는 사나운 표정으로 호걸개를 쏘아 보았다.

"자네, 이럴 건가?"

"무슨 말씀이신지 모르겠습니다. 용걸개 장로님."

호걸개의 말에 용걸개가 사나운 표정을 풀더니 웃음을 터뜨렸다.

"서로 다 알면서 모르는 척하는 것도 재미있구만. 안 그런가, 호 장로?"

"이런 상황을 재미있다고 하는 용 장로님이 무섭습니다."

"무서울 게 뭐 있다고. 곱게 죽을 텐가 아니면 고통스럽게 죽을 텐가? 원하는 대로 해줌세."

웃는 낯으로 죽이겠다는 말을 하는 용걸개를 보며 호걸개는 소름이 끼쳤다. 그래도 한솥밥을 먹은 동문인데 어찌 그럴 수 있을까.

"그러는 당신은 어떻게 죽여 드리면 좋겠소?"

갑작스러운 서윤의 공격적인 어투에 용걸개가 인상을 찌푸리며 그를 바라보았다.

"권왕의 제자라고 세상 무서운 줄 모르는구만."

"세상이 무섭다는 것도, 명줄 끊어지는 것이 무섭다는 것도 잘 알고 있소. 하지만 당신 손에 죽을 것 같지는 않아서."

서윤의 이런 모습을 본 적이 없는 호걸개는 놀란 토끼눈을 하고 그를 쳐다보았다. 하지만 서윤의 표정과 눈동자에는 흔들림이 없었다.

"허허. 내가 늙긴 늙은 모양이구만. 어린 것한테도 이런 대접을 받다니."

"어른 대접을 받으려면 어른답게 처신을 해야지."

"뭐라?"

용걸개의 눈썹이 꿈틀거렸다. 그에 서윤이 계속해서 말을
이었다.

"정도 무림의 어른으로서 배신을 한 것도 모자라 사문의
후배를 죽이려 하고 있으니 이미 어른 대접받기는 그른 것 아
니오?"

서윤의 말에 용걸개의 얼굴이 붉어졌다.

"이노옴!"

용걸개가 일갈을 내뱉으며 땅을 박찼다. 그에 서윤도 곧장
정면으로 치고 나갔다.

용걸개의 양손에서 강룡십팔장(降龍十八掌)이 뿜어져 나왔
다. 그에 맞서 서윤은 풍절비룡권으로 맞섰다.

쾅!

두 사람의 기운이 허공에서 충돌했다.

상당한 위력.

도발을 하기는 했으나 용걸개의 무위는 무시할 수 없는 수
준이었다.

하지만 서윤도 만만치 않았다.

상단전을 열고 그간 몇 차례 전투를 치르는 동안 최선을

다하기는 했으나 한계까지 밀려본 적이 없었다.

그만큼 서윤이 쌓아온 경험과 무위는 그 누구도 무시하지 못할 수준이었다.

용걸개의 장력이 예리하게 날아들었다. 이름처럼 용이 강림하여 달려들 듯 꿈틀거리는 장력을 보며 서윤도 빠르게 진기를 끌어 올렸다.

상단전을 채운 외부 기운은 그간 풍령진기에 많이 녹아든 상태였다.

그만큼 서윤이 사용할 수 있는 진기는 물론이고 그 위력 역시 진일보한 상태였다.

소용돌이치듯 팔을 타고 주먹에 모인 진기가 장력을 향해 폭발하듯 쏘아져 나갔다.

주변의 기운이 꿈틀거렸다.

집어삼킬 것 같은 거대한 기운이 용걸개의 장력을 흩어버렸다.

용걸개는 다급하게 움직이며 다시금 강룡십팔장을 펼쳤다.

콰콰콰콰콰!

하지만 서윤의 기운은 용걸개의 강룡십팔장을 그대로 휩쓸어 버렸다.

용걸개는 재빨리 진기를 끌어 올려 몸을 보호했다.

어떻게 해서든 버텨보려 했으나 서윤이 펼치는 풍절비룡권의 위력을 감당하기가 어려웠다.

추르르르르륵!

용걸개가 하염없이 뒤쪽으로 밀렸다.

버티려는 그의 힘과 강하게 밀어내는 서윤의 힘이 만나 바닥에 기다란 선을 그리고 있었다.

폭풍처럼 초식을 몰아 친 서윤이 날카로운 눈빛으로 용걸개를 노려보았다.

"쿨럭! 크윽……."

용걸개가 기침을 하며 피를 쏟았다. 그러고는 힘겹게 신음을 내뱉었다.

내외상을 입긴 했으나 폭풍처럼 몰아친 서윤의 공격을 이 정도까지 받아낸 것만 해도 대단한 일이었다.

호걸개는 복잡한 심경을 담아 두 사람의 싸움을 바라보고 있었다.

적으로 만나기긴 했으나 어쨌든 사문의 웃어른과 이런 상황을 맞이해야 한다는 사실이 씁쓸하기만 했다.

서윤도 그런 자신의 마음을 알고 있기 때문에 일부러 나서서 이 싸움을 벌이고 있는 것이리라.

호걸개가 주먹을 쥐었다. 그러고는 속으로 중얼거렸다.

'이 빚, 나중에 꼭 갚겠소.'

*   *   *

서윤은 무심한 눈빛으로 천천히 용걸개를 향해 다가갔다.

서윤이 평소와 다르게 용걸개를 도발한 것엔 두 가지 이유가 있었다.

하나는 호걸개가 짐작한 것처럼 그를 대신해 자신이 싸우기 위함이었다.

만약 자신이 설시연과 싸워야 하는 상황이었다면 호걸개와 같은 마음, 아니, 그보다 더 마음이 심란했을 것이다.

그런 마음을 헤아려 자신이 대신 싸우기 위해 용걸개의 모든 시선을 자신에게 쏠리도록 만든 것이었다.

하지만 그것은 부수적인 이유일 뿐이었다.

가장 큰 이유는 말 그대로 분노였다. 이곳에서 자신들을 기다리며 수많은 방도를 희생시키지 않았던가.

그 사실에 서윤은 너무나 화가 났다.

배신을 했다 하더라도 그들의 뿌리는 정도. 뜻이 달라 서로에게 칼을 겨누는 상황이라지만 정정당당하게 싸워야 했다.

자신들을 향해 달려들었던 자들 중에는 뼛속까지 정도인인 자들도 있었을 것이다.

감언이설로 속여 자신들을 배신자로 만든다면 그들이 자신과 호걸개를 공격하게 만드는 것쯤은 어려운 일이 아니었다.

그들은 무슨 죄란 말인가.

그래도 한때 자신이 데리고 있던 수하들이고 자신을 존경하고 따르던 자들일 것이다.

그런 그들의 목숨을 파리 목숨보다 못하게 취급한 것이다.

서윤은 그것을 용서할 수 없었다.

그에 지금 이 순간 용걸개에게 자비를 베풀 마음이 없었다.

서윤이 다가오자 용걸개가 힘겹게 자세를 고쳤다. 죽더라도 이렇게 죽고 싶지는 않았다.

용걸개가 진기를 끌어 올렸다.

정신을 잃어도 하등 이상할 것 없는 통증이 전신을 난타했다.

초인적인 정신력으로 이를 견뎌낸 그의 손바닥에서 장력이 뿜어져 나왔다.

하지만 그 위력은 너무나 보잘 것 없었다.

가볍게 장력을 파훼한 서윤이 용걸개의 멱살을 잡았다.

"켁!"

순간 숨이 턱 막히는 고통에 용걸개가 꿈틀거렸다. 그의 얼굴에 깊게 파인 주름이 더욱 깊어진 듯했다.

"배신을 한 것도 모자라 죄 없는 방도들을 사지로 몰고도 조금의 죄책감도 없는 당신 같은 사람에게 자비를 베풀 마음 따위는 없어. 예전의 나였다면 그래도 한 번쯤 망설였겠지만 지금의 나는 그렇지 않아. 죽이지 않으면 죽는 그런 때도 있다는 걸 너무나 잘 알게 됐으니까."

그렇게 말한 서윤이 반대편 주먹으로 진기를 모았다.

쾅!

"커헉!"

서윤의 주먹이 빛처럼 빠르게 용걸개의 복부에 꽂혔다. 멱살을 잡혀 피할 수도 없는 상황에서 강한 위력이 실린 주먹을 제대로 맞은 것이다.

서윤이 잡고 있던 용걸개의 멱살을 놓았다. 그러자 용걸개가 힘을 잃고 앞으로 풀썩 쓰러졌다.

생기를 잃어가는 그의 모습을 본 서윤은 찬바람이 불 정도로 몸을 홱 돌려 호걸개에게 다가갔다.

"호 장로님의 사문 어른이라고는 하지만 손속에 사정을 두고 싶은 마음은 없었습니다."

"괜찮소, 이해하오."

호걸개가 최대한 담담하게 대답하려 했으나 그의 목소리는 어쩔 수 없이 미약하게 떨리고 있었다.

"가시죠. 이곳에 오래 있는 건 아닌 듯합니다."

서윤의 말에 고개를 끄덕인 호걸개가 힘 빠진 발걸음으로 그의 뒤를 따랐다.

                    *   *   *

　가족들의 지극정성과 의선의 약효 덕분인지 설백의 목소리
에는 더욱 힘이 붙었다.

　아직 조금 어눌하기는 했으나 조금 더 시간이 지나면 일상
적인 대화를 할 수 있을 정도로 회복이 된 상태였다.

　설백의 곁을 가장 오랜 시간 지키는 사람은 설시연이었다.

　설시연은 아직 그에게 신도장천의 죽음을 비롯해 아무런
이야기도 하지 않았다.

　아직 몸이 완전히 회복되지 않은 상태에서 혹시라도 충격적
인 이야기를 듣고 악화되지 않을까 하는 걱정 때문이었다.

　설백 역시 설시연에게 이런저런 것들을 묻지 않았다.

　때가 되어 자신이 해야 할 이야기를 할 준비가 되었을 때,
그때 가서 듣고 싶은 것도 듣고자 했다.

　자신만 알고 있는 것.

　하지만 모두가 알아야 하는 이야기, 그것이 가져올 후폭풍
이 두려웠다.

　검왕으로서 강호를 질주하던 예전의 설백이라면 이런 망설
임, 두려움을 이겨내는데 수월했겠으나 지금은 아니었다.

　몸과 마음이 망가져 어디서나 볼 수 있는 평범한 노인이 되
어 버린 탓인지 예전에는 대수롭지 않게 생각했던 감정들을

이겨내기가 쉽지 않았다.

설시연 역시 설백에게서 들어야 할 이야기가 얼마나 중요하고 시급한 일인지 잘 알고 있었으나 묻지 않았다.

자연스럽게 서로 이야기할 때가 올 것이라 믿으며.

설시연은 그때를 서윤이 돌아올 그날로 보고 있었다.

설백은 신도장천의 죽음, 그리고 서윤의 존재를 모르는 상황. 서윤이 돌아오면 자연스럽게 그에 대한 이야기를 해야 하고 그것을 계기로 들어야 할 이야기도 들을 수 있을 것이라 생각했다.

설시연으로서는 서윤이 얼른 돌아오길 바라는 이유가 한 가지 더 생긴 셈이었다.

'얼른 와요.'

간단한 식사를 마치고 다시 잠에 빠져든 설백의 곁에 있던 설시연이 속으로 가만히 중얼거렸다.

*   *   *

용결개와의 일전 후 빠르게 이동한 두 사람은 뒤를 쫓는 거지들의 기척이 느껴지지 않자 잠시라도 몸을 숨길 수 있는 곳을 찾았다.

안가를 찾아 들어갈까도 생각해 보았으나 묵걸개가 배신자인 것으로 확인된 이상 호걸개와 수하들만 아는 것이라 생각했던 안가들은 묵걸개도 전부 알고 있는 것으로 봐야 했다.

그런 상황에서 안가를 찾아 들어가는 것은 '우리 여기 있으니 포위해 주십시오'라고 말하는 것과 같았다.

서윤과 호걸개는 운이 좋게 입구가 수풀로 가려진 토굴 하나를 발견했다.

조금 좁은 감이 없지 않아 있었지만 두 사람이 들어가면 불편하게라도 앉아 쉴 수 있을 정도의 공간은 되었다.

토굴에 들어가 주저앉은 두 사람은 마음이 조금 놓이는 듯 동시에 작은 한숨을 내쉬었다.

"개방의 추격이 더 이어지겠습니까?"

"모르겠소. 개방이 대놓고 천라지망을 펼치기에는 보는 눈이 많소. 각 문파들이 배신자를 쳐내면서 멀리는 보지 못해도 어느 정도 눈과 귀는 회복된 상황이니."

호걸개가 중얼거리듯 답했다.

"그럼 이어지지 않을 가능성도 있다는 말이군요."

"그렇소만 개방에서 이유를 만들려고 하면 어떻게든 만들 수 있소. 우리를 순식간에 적으로 둔갑시킨다던가 하면 아무 의심도 받지 않을 수 있으니."

정보의 조작, 진실과 거짓을 헷갈리게 만들 수 있는 능력.

그것이야말로 머릿수와 함께 개방이 가진 진정한 힘이라 할 수 있었다.

"어떻게 해서는 이 상황을 무림맹에 알려야 합니다."

"그렇긴 하지만 솔직히 어떻게 해야 할지 감이 오질 않소. 지금은 느슨하다고 하나 이곳을 나가면 언제 또 추격이 시작될지 모르오. 무림맹에 도착할 때까지 버티기는 어렵겠지."

호걸개의 말에 서윤도 고개를 끄덕였다.

개개인의 실력은 약할지 모르지만 머릿수로 밀고 들어오는 그들의 추격과 공격은 서윤으로서도 감당하기가 어려웠다.

폭렬단과 싸워 오면서 다수를 상대하는 경험도 제법 했다고 생각했는데 개방의 추격은 그 경험의 범주를 넘어서는 수준이었다.

"일단 몸을 회복한 후에 흩어지는 게 좋겠습니다."

"흩어지다니?"

서윤의 말에 호걸개가 의아해하며 물었다. 지금은 둘이 붙어 다녀도 감당하기 어려운 상황인데 따로 움직이자니. 호걸개로서는 이해하기 어려웠다.

"둘이 함께 다니면 저들은 분명 우리를 금방 찾아낼 겁니다. 하지만 그들의 눈을 피해 은밀히 다니기에는 혼자가 낫지요."

서윤의 말에 호걸개는 고개를 저었다.

"개방의 능력을 너무 과소평가하는 것 같소. 둘이 다니든 혼자 다니든 저들은 우리를 금방 찾아낼 것이오."

"좋습니다. 둘이 다니든 흩어지든 둘 다 죽을 상황이라면 조금이라도 확률 높은 방법을 찾아 봐야 하지 않겠습니까?"

서윤의 말에 잠시 그를 쳐다보던 호걸개가 입을 열었다.

"계속해 보시오."

"이곳에서 몸을 회복한 후 호 장로님은 곧장 섬서성으로 가십시오. 서안까지 최대한 빠르게 달리는 겁니다. 피하고 도망치는 데에만 집중한다면 호 장로님 실력에 큰 화를 당하지는 않을 수 있습니다."

"그렇겠지. 물론, 다른 장로들을 만나지 않는다는 가정하에서만."

"전 곧장 무림맹으로 가겠습니다."

서윤의 말에 호걸개가 곧바로 고개를 저었다.

"불가능하오."

"해봐야 아는 겁니다."

"아니, 이건 두 번 생각할 것도 없이 불가능하오."

호걸개의 단호한 대답에 서윤도 생각에 잠겼다. 호걸개를 먼저 대륙상단으로 보내 안전을 확보하고 자신은 곧장 무림맹으로 가 개방의 상황을 알릴 생각이었다.

하지만 호걸개는 단호하게 불가능한 일이라 하고 있었다.

개방을 잘 아는 그가 하는 말이니 실패할 확률이 십 할은 아니더라도 칠 할에서 팔 할 정도는 되는 것 같았다.

'어떻게 한다?'

서윤이 다시 머리를 굴렸다. 어떻게 해서든 이곳에서 방법을 찾은 후에 움직여야 했다.

방도를 찾기 위해 한참을 생각하던 서윤이 무언가 생각난 듯 입을 열었다.

"그럼 이건 어떻겠습니까?"

그러면서 서윤은 자신이 생각한 것을 호걸개에게 들려주었다. 서윤의 이야기를 들은 호걸개는 황당하다는 표정을 지었다.

"이렇게 황당한 방법이라니."

"하지만 별수 없습니다. 정면 돌파가 어렵다면 측면을 쳐야지 어쩌겠습니까."

"아니, 황당하기는 하지만 절묘한 수 같소. 해볼 만한 가치가 있겠어."

호걸개의 동의를 얻어낸 서윤도 미소와 함께 고개를 끄덕였다.

"일단 날이 좀 어두워지면 움직입시다. 그때까지는 잠을 자든 운기를 하든 어느 정도 몸을 회복해 두고."

호걸개의 말에 서윤도 고개를 끄덕였다. 두 사람이 운기를 하기에는 공간이 협소한 탓에 두 사람은 번갈아 가며 잠시 눈을 붙이기로 했다.

날이 어두워지자 서윤과 호걸개는 토굴을 나섰다.
조심스럽게 주변을 살폈지만 아무런 기척이 느껴지지 않자
두 사람은 서둘러 방향을 잡고 그 자리를 벗어났다.

2장
기지(奇智)

風神 徐闇

풍신서윤

"키키키키킥!"

소름 끼치는 웃음소리가 사방에서 들려왔다.

명산이자 무당, 화산, 곤륜에 미치지는 못하지만 도가(道家)의 한 줄기로 인정받고 있는 공동파가 자리 잡은 공동산과는 어울리지 않는 귀곡성(鬼哭聲)이었다.

산 전체를 울리는 귀곡성에 문파 안에 있는 공동파 제자들은 물론이고 그들을 돕기 위해 달려온 황보세가의 무인들 역시 긴장할 수밖에 없었다.

하지만 그들의 중심에 자리 잡고 선 공동파 장문인인 막사명과 황보세가의 가주 황보진원은 당당하게 어깨를 펴고 기백을 보이고 있었다.

그 두 사람의 기백이 아니었다면 공동파 내에 감도는 기운은 전의가 아닌 두려움이었을 것이다.

"가까워 오는군요."

"그런 것 같습니다. 어떤 놈들인지 얼굴 한 번 보고 싶군요."

막사명의 말에 황보진원이 미소를 지었다.

"장문인께서는 긴장되지 않는 모양입니다."

"긴장되지요. 하지만 그보다 흥분되는 마음이 더 큽니다. 간만의 실전 아니겠습니까? 우리 공동이 그리 호락호락한 곳이 아니라는 것도 보여줄 수 있고 말입니다."

막사명의 대답에 황보진원의 입가에 피어오른 미소 역시 더욱 짙어졌다.

황보진원도 막사명과 비슷한 심정이었다.

거기에 한 가지 더하자면 먼저 세상을 떠난 황보수열의 몫까지 짊어지고 싸운다는 책임감이 있었다.

귀공성이 점점 또렷하게 들리고 있었다.

그와 함께 그들이 뿜어내는 기분 나쁜 기운 역시 점차 짙어지고 있었다.

"모두 준비하도록! 저들의 목을 가장 많이 베는 자에게 상을 내리겠다!"

제자들의 기세를 올리기 위해 막사명이 상을 내리겠노라 공헌했다.

실제로 싸우다 보면 자신이 몇 명이나 베었는지 셀 수는 없겠지만 막사명의 말은 분명 효과가 있었다.

상을 준다는데 싫어할 사람이 어디 있겠는가.

특히나 젊은 제자들 사이에서는 벌써부터 경쟁의식과 함께 전의가 불타오르고 있었다.

"황보가의 무인들은 들어라! 저들에게 우리 황보가의 주먹이 얼마나 매서운지 보여주자! 만병지왕은 검이라지만 우리는 모든 무기를 뛰어 넘는 것은 바로 주먹이라는 걸 만천하에 알리는 것이다!"

막사명처럼 상을 걸지는 않았으나 황보진원은 세가 무인들의 자긍심을 건드리며 기세를 올렸다.

그렇게 공동파 제자들과 황보세가 무인들의 기세가 절정에 달한 그 순간.

콰직!

공동파 정문이 부서지며 적인 수라마대가 쏟아져 들어오기 시작했다.

"먼저 나서겠습니다. 비싼 돈 들인 정문인데 저리 부숴놨으니 그 값은 받아내야겠지요."

그렇게 말하며 막사명이 먼저 검을 뽑으며 쏘아져 나갔다.
그와 함께 공동파 제자들도 수라마대를 향해 달려들었다.

"우리도 질 수 없지. 대가리는 내가 맡아야겠구나."

황보진원이 뒤늦게 천천히 공동파의 정문을 넘어서는 담천
을 바라보며 말했다.

그러고는 빠르지는 않지만 묵직한 발걸음으로 앞으로 나아
갔다. 그 뒤를 황보세가 무인들이 굳건하고 강맹한 기운을 뿜
어내며 따랐다.

순식간에 수라마대와 공동파, 황보세가 무인들이 뒤섞였다.

곳곳에서 들리는 비명 소리와 병장기 소리, 그리고 기합성
이 사방을 울렸다.

마치 기나긴 세월 그 기운을 뿜내며 그 자리를 지켜온 공
동산이 울음을 토해내는 것 같았다.

*   *   *

다행스럽게도 개방의 추격은 없었다.

하지만 혹시 모르는 일이기에 두 사람은 경계를 늦추지 않
으면서도 조금 더 속도를 높여 달렸다.

인시 말쯤 되어 두 사람이 도착한 곳은 제법 규모가 있는
현이었다.

아직 해가 뜨기 전이기에 몇몇 부지런한 집에서는 불빛이 흘러나오고 굴뚝에서 연기가 나기는 했지만 대부분의 사람들은 잠을 자는 듯했다.

현에 들어선 서윤과 호걸개는 떨리는 마음으로 발걸음을 옮기고 있었다.

"기발한 방법이기는 하지만 막상 하려니 기분이 이상한 것은 어쩔 수 없는 모양이오."

"저도 마찬가지입니다."

그렇게 말하는 두 사람의 앞쪽에는 관아가 있었다.

서윤이 낸 방법은 간단했다. 관아에 가서 사람을 죽였다고 자수하는 것이었다.

아무리 개방이 대단한 곳이라고는 하나 나라의 기관을 어쩔 수는 없는 노릇. 자수하고 그곳에 갇혀 있는 동안에는 적어도 신변 보호를 받을 수 있었다.

상황 설명은 관아에 들어가 하면 그만이었다.

신분 확인 등 여러 가지 절차가 필요하겠지만 대륙상단의 도움을 받는다면 어렵지 않게 해결할 수 있을 것이라는 판단이었다.

호걸개는 개방의 인물이자 무림의 인물이었다.

그렇기 때문에 관아와 연관 지어 생각하지 못했다. 어차피 관과 무림은 서로 불가침하는 것이 불문율이기 때문이었다.

하지만 서윤은 달랐다.

무공을 익혔고 무림인이 되었지만 상황에 휩쓸려 그렇게 된 것일 뿐 아직 무림의 생리 등에 밝지 않았다.

그렇기 때문에 무림인과는 조금 다른 생각을 할 수 있었던 것이다.

게다가 이미 한 차례 관아에 붙잡혀 본 경험이 있었기 때문에 할 수 있는 생각이기도 했다.

관아 앞에 서 있는 서윤과 호걸개를 관병이 이상한 눈으로 쳐다보았다.

이렇게 이른 시간에 행색도 남루한 두 사람이 찾아왔으니 충분히 수상쩍게 생각할 수 있었다.

"무슨 일인가?"

"자수하러 왔습니다."

자수하러 왔다는 서윤의 말에 관병이 어처구니없다는 듯 두 사람을 쳐다보았다.

"그래, 무슨 죄를 자수하러 왔는가?"

"사람을 죽였습니다."

서윤의 대답에 관병의 표정이 심각해졌다. 다른 죄도 아니고 살인은 결코 가볍게 볼 수 없는 문제였다.

물론, 살인을 하고서 자수하러 온 것도 충분히 이상한 상황이긴 했으나 두 사람의 표정을 보니 장난은 아닌 것 같았다.

서윤과 대화를 나눈 관병은 함께 관아의 문 앞을 지키고 있던 다른 관병에게 눈짓을 하고는 서둘러 안으로 뛰어들어 갔다.

　그것을 본 서윤과 호걸개는 서로를 슬쩍 쳐다보고는 얼른 안에서 기별이 오기를 기다리고 있었다.

＊　　　　＊　　　　＊

　"하하하! 그런 방법이 있었구만. 둘 중 누구 머리에서 나온 재치인지는 모르겠지만 제대로 한 방 먹었어. 하하하!"

　서윤과 호걸개가 관아에 붙잡혔다는 보고를 들은 묵걸개는 대소를 터뜨렸다.

　전혀 생각지도 못한 방법에 당한 묵걸개는 진심으로 즐거워하고 있었다.

　"관아에 붙잡혔으니 당분간 우리가 어쩔 수 있는 방법은 없겠군. 아쉽군, 아쉬워. 준척급 한 마리와 대어 한 마리를 낚을 수 있는 절호의 기회였는데."

　묵걸개가 아쉽다는 듯 입맛을 다셨다.

　"검왕이 깨어났다지?"

　"그렇다고 합니다."

　"팽가가 대륙상단을 보호하고 있고?"

"그렇습니다."

수하의 대답에 묵걸개가 고개를 끄덕였다.

"어차피 그쪽은 우리가 어쩔 수 없는 상황이니. 있는 사실 그대로 전달해. 팽가 정도야 가볍게 어쩔 수 있겠지. 우리는 그 두 사람 움직임에만 신경 쓴다. 아, 무림맹은?"

"본격적으로 움직일 모양입니다. 내부에서 움직임이 있습니다."

"그렇구만. 각 문파에 남은 세작은 얼마나 되지?"

"많지는 않습니다. 지금은 몸들을 사리고 있는 상황입니다."

묵걸개의 수하에게서 충격적인 이야기가 흘러나왔다. 서윤과 호걸개는 각 문파들이 변절자를 모두 색출해 냈다고 생각하고 있었다.

두 사람이 조사한 내용을 꾸준하게 각 문파로 전달했기 때문이었다.

하지만 묵걸개의 말이 사실이라면 화산파 때처럼 결정적인 역할을 하지는 못하겠지만 정보를 빼내는 정도의 일은 할 수 있을 것이었다.

개방이 변절했고 각 문파의 정보를 빼낼 수 있다면 정도 무림의 위기는 앞으로도 계속될 것이 분명했다.

"각 문파의 세작에게서 오는 정보는 하나도 빼놓지 말고 보고하거라. 언제 어디서 무엇을 할 예정인지, 이동경로, 규모 등

등. 알겠느냐?"

"예."

"그만 나가보거라."

수하를 물린 묵걸개가 잠시 앉아 있다가 일어서며 중얼거리듯 말했다.

"마실 좀 다녀와야겠구만."

*   *   *

급한 보고를 받고 옥사에 도착한 관리는 지금 이 상황을 어떻게 이해해야 하는지 알 수가 없었다.

살인을 하고 자수를 한 것도 이상하지만 자진해서 얌전히 옥사에 들어와 앉아 계속해서 자신을 찾은 것도 이상했다.

"그래, 나를 찾았다고 하던데. 무슨 할 말이라도 있는 것이냐?"

"드릴 말씀이 있습니다."

"해보라니까."

관리의 말에 서윤이 입을 열었다.

"저희는 분명 사람을 죽였습니다."

"누굴 죽였느냐?"

"무림인입니다."

"무림인? 그렇다는 건 너희도 무림인이라는 말이냐?"

"그렇습니다."

서윤의 대답에 관리가 인상을 찌푸렸다. 무림인들끼리 서로 싸우고 죽이는 것은 하루 이틀 일이 아니었다.

그런 것까지 모두 관아에서 나서서 처리한다면 먹고 자고 싸는 시간도 모자랄 것이다.

"한데 왜 이곳에 왔지?"

"살려고 왔습니다."

"살기 위해 살인을 저질렀다 자수하고 이곳에 들어왔다?"

"그렇습니다. 현 무림의 상황은 대략적으로 알고 계시리라 판단됩니다."

"알고 있다."

"정도 무림이 위험한 상황에서 마도가 득세하고 있습니다. 치열한 싸움이 벌어지고 있지요."

"강호에서 벌어지는 일은 강호에서 알아서 처리할 일. 우리는 거기에 끼어들지 않는다. 불문율을 모르지는 않을 텐데."

"물론입니다. 정도 무림 내에 변절자가 있었고 그들에게 쫓기고 있습니다. 그 때문에 이 사실을 알려야 하는데 저들의 추격이 만만치가 않습니다."

서윤의 말에 관리가 인상을 찌푸렸다. 귀찮은 일에 휘말릴 것 같은 예감이 들었기 때문이다.

"너희들의 말을 어떻게 믿지? 너희가 무림인이 아니라면, 너희가 죽인 사람이 사실은 무림인이 아니라 무고한 백성이라면? 설령 너희의 말이 사실이라 해도 난 귀찮은 일에 휘말리고 싶은 생각이 추호도 없다. 그냥 이 자리에서 너희의 사형을 명하면 그만이다."

"저희의 말은 사실입니다. 그리고 저희를 죽이면 정도 무림은 큰 위험에 빠질 것이고 마도가 득세하게 되면 이는 나라에도 해가 되는 일입니다."

서윤의 말은 막힘이 없었다. 옆에서 듣고 있는 호걸개는 내심 감탄하고 있었다.

"나라에 해가 되는 일이라……. 강호의 세력 다툼은 우리와 상관없는 일이다. 누가 득세하든 이 나라의 백성임은 다르지 않을 터. 나라 전체와 전쟁을 일으킬 것이 아니라면 알아서 기겠지."

"그렇지 않습니다. 마도는 힘없는 자를 핍박하고 억누릅니다. 악이 득세하고 그것을 견제할 세력이 없다면 하루가 멀다 하고 이곳 관아를 찾는 백성들이 늘어날 겁니다. 그럼 그렇게 싫어하시는 귀찮은 일이 더 많아지겠지요."

"그럴 거라 어찌 장담하느냐?"

"일례로 광서성 합산에서 있었던 일을 말씀드리겠습니다. 저들은 무림맹 지부 하나를 무너뜨리기 위해 마을에 불을 지르는 것을 마다하지 않았습니다. 전력을 분산시켜 수월하게 일을 끝내려는 계책이었지요."

서윤의 말에 관리의 눈빛이 살짝 흔들렸다.

"그 한 번이 연이어 벌어질 것이라고 장담할 수도 없다."

"또 하는 일을 말씀드리지요. 똑같은 놈들이었습니다. 마을 하나를 약탈하더군요. 목적지에 가는 길에 있던 아무 상관도 없던 마을이었습니다. 건물은 불타고 사람들은 죽어 나갔습니다. 애, 어른, 남자, 여자, 젊은이, 노인 가릴 것 없이 죽였습니다."

잠시 숨을 고른 서윤이 다시 말을 이었다.

"저들을 몰아내지 않으면 그런 일이 비일비재해질 것입니다. 예. 말씀하신 대로 저들이 직접적으로 관과 충돌하는 일은 없을 겁니다. 하지만 삶의 터전을 잃은 백성들은 어떻게 되겠습니까? 약탈을 일삼는 도적 떼가 되지 않으면 다행일 것입니다."

서윤의 말에 관리가 인상을 찌푸렸다.

"이름이 뭐냐."

"서윤입니다."

"서윤이라. 지금까지 한 말을 보아 무림에서도 제법 중요한 역할을 맡고 있는 듯한데. 그런 일을 풋내기에게 맡기지는 않았을 것이고 나름 그 위치도 확고한 자일 것이다. 하지만 난

들어본 적이 없는 이름이다."

"그러실 겁니다. 저는 권왕 신도장천의 손자이자 제자입니다. 확인이 필요하시다면 대륙상단에 알아보시면 될 것입니다."

"대륙상단? 좋다. 신원을 확인하도록 하지. 그전까지는 이곳 옥사에서 가만히 있는 게 좋을 것이다."

"물론입니다."

그때 관리의 곁에 서 있던 수하 한 명이 관리에게 귓속말로 무언가를 소곤거렸다.

"그 이름이 서윤이었나?"

"제 기억에는 그렇습니다."

"그럼 기별을 넣어라. 될 수 있으면 이곳에 직접 확인하도록 하고."

"예."

수하에게 명령을 내린 관리가 다시 서윤에게 시선을 돌렸다.

"대륙상단 한 곳에 신원 확인을 요청하기에는 미심쩍다. 대륙상단을 못 믿는 것은 아니나 지금까지 네가 한 말이 사실이라면 온전히 믿을 수도 없다. 배신자들이 판치는 형국이니."

관리의 말에 서윤은 당황했다. 대륙상단에 신원 확인을 요청하면 어렵지 않게 상황을 끝낼 수 있을 것이라 생각했다.

그런데 정작 관리의 입에서 흘러나온 말은 예상에서 벗어난 것이었다.

'낭패다. 그런 식으로 생각할 줄이야.'

서윤이 당황해하고 있을 때 관리가 입을 열었다.

"네 신분을 확인해 줄 수 있는 다른 사람을 부를 것이다. 그러니 그때까지는 얌전히 있는 것이 좋을 것이다."

그렇게 말한 관리가 몸을 돌려 옥사를 벗어났다. 둘만 남게 되자 호걸개가 서윤에게 물었다.

"혹시 누구인지 짐작이 가시오?"

"짐작 가는 사람이 없습니다. 대륙상단에서 확인해 주는 것이면 충분할 것이라 생각했는데. 제 생각이 짧았습니다."

서윤의 말에 호걸개가 고개를 저었다.

"이런 대답이 돌아올 거라고 누가 예상을 했겠소. 자책하지 마시오. 하나, 걱정되는 게 한 가지 있긴 하오."

"저도 그렇습니다. 혹시나 그 인물이 개방 사람이라면?"

"그럼 그땐 우린 죽은 목숨이 되는 거겠지."

"하… 다 부수고 도망칠 수도 없고. 범굴로 들어온 건 아닌지 모르겠습니다."

서윤의 말에 호걸개가 작게 한숨을 쉬더니 한탄하듯 말했다.

"그렇게 안 되길 바라는 수밖에 없지 않겠소? 하지만 만약에 그런 일이 벌어진다면 우리의 운명은 물론이고 정도 무림의 명운도 거기까지일 것이라는 뜻이겠지."

*　　　*　　　*

"후… 후……."

주저앉아 있던 황보진원이 거친 숨을 쉬며 힘겹게 몸을 일으켰다.

그의 상태는 좋지 못했다. 그의 것인지 아니면 적들의 것인지 모를 피를 뒤집어써서 악귀 같아 보였다.

그 옆에는 고개를 푹 숙이고 있는 막사명이 있었다. 어깨가 들썩이는 것으로 보아 죽은 것은 아닌 듯했다.

"장문인, 괜찮소?"

황보진원이 힘겹게 물었다. 그러자 고개를 푹 숙이고 있던 막사명이 고개를 휙 들더니 피곤에 전 표정으로 대답했다.

"죽지는 않을 것 같소이다."

서로의 생사를 확인한 두 사람은 주변을 둘러보았다.

산 사람보다 시체가 더 많았다. 그나마 한 가지 다행인 점은 산 사람 중 적은 없다는 점이었다.

"하하! 우리가 해냈소."

황보진원이 웃으며 말했다. 그러면서 자신의 앞쪽에 쓰러져 있는 담천을 쳐다보았다.

"지독하더이다."

"그러게 말입니다. 왜 수라마대라 불리는지 이제야 알겠습니다."

막사명은 담천의 무위를 떠올리며 몸을 부르르 떨었다.

황보진원과 막사명 두 사람의 합공을 홀로 받아낸 그였다. 운이 좋아 그의 명줄을 끊었지만 담천의 성취가 조금만 더 높았다면 반대로 담천이 자신들을 쳐다보고 있을 지도 모를 일이었다.

"뒤처리는 좀 쉬었다가 합시다. 이런 데서 쉬는 게 썩 내키지는 않지만 일어날 힘도 없소."

"그러지요. 손님이신데 고생만 시킨 것 같아 죄송합니다."

"무슨 그런 말씀을. 다음번에 세가에 오시구려. 그때 고생 좀 하시고 가면 됩니다."

황보진원의 말에 막사명이 옅은 웃음을 흘렸다.

화산과 종남을 멸문시켰던 수라마대는 공동파에서 그 질주를 멈추고 말았다.

*   *   *

시간은 하염없이 흘렀다.

어차피 기다릴 수밖에 없는 상황인지라 두 사람은 조급해하기 보다는 앞일에 대한 대책을 구상하기 시작했다.

지금 이 순간 가장 중요한 건 무엇보다도 방주의 행적과 개방을 묵걸개의 손아귀에서 빼내는 것이었다.

"가장 쉬운 방법은 묵걸개를 제거하는 겁니다."

"어려운 일이오. 보지 않았소? 머릿수로 밀어붙이면 묵걸개를 만나기도 전에 죽을지도 모르오."

호걸개도 이제는 묵걸개의 뒤에 장로님이라는 존칭을 빼고 말하고 있었다.

"그렇다면 방주님의 생사부터 확인해야 하지 않겠습니까?"

"그렇지만 방주님의 소재는 묵걸개만 알고 있을 것이오. 젠장. 이러나저러나 어쨌든 묵걸개를 만나야 한다는 뜻인데……."

호걸개가 답답하다는 듯 말했다.

"이곳을 나가면 하오문에 도움을 청해보는 게 어떻겠소?"

"하오문도 쉽지 않을 것이오. 개방이 가장 견제했던 세력이 바로 하오문이니까."

"하지만 지금 기댈 수 있는 곳은 하오문뿐 아니겠습니까?"

"그렇기는 하오만……. 장담할 수가 없소. 저들이 하다못해 방주님의 소재라도 파악해 줄 수 있다면 더할 나위 없이 좋겠지만 그것도 쉽지 않을 것이오. 가능성이 칠 할에서 팔 할은 되어야 뭐든 해볼 텐데. 살면서 이렇게 답답한 적은 또 처음이오."

호걸개의 말투에서 지금 그가 얼마나 답답해하고 있는지
여실히 드러났다.

"그럼 이렇게 하면 어떻겠습니까? 이곳 사람들에게 부탁해
묵걸개를 잡아들이라 한다면."

서윤의 말에 호걸개는 고개를 저었다.

"묵걸개는 대외적으로 두문불출하기는 해도 개방에서 존경
받는 사람이오. 갑자기 잡아들일 명분도 없지. 그런 자를 건
드리는 건 아무리 나라님이라 해도 부담이 될 수밖에 없소."

"하……."

이리저리 얘기해 봐도 답이 나오질 않았다. 개방을 원상태
로 되돌리는 일은 쉽지 않을 것 같았다. 하지만 그럼에도 꼭
해야만 하는 일이었다.

개방을 되돌리지 못하면 정도 무림은 눈과 귀를 온전히 회
복했다 말할 수 없을 것이기 때문이었다.

"일단 이곳을 나가면 섬서 분타부터 확인해 봐야겠소. 우
리 애들이 믿을 수 있다고 판단되면 거기서부터 시작해야지.
별수 없소."

호걸개의 섬서 분타는 겉으로 보기에는 묵걸개의 영향권에
서 먼 곳이었다. 하지만 두문불출하는 것 같던 묵걸개는 어느
새 개방 전체를 장악하고 있었다.

섬서 분타라고 그러지 말라는 법도 없었다.

"이렇게 되니 방주님을 의심했던 게 죄송해지는군."

호걸개가 중얼거렸다. 묵걸개를 믿고 방주를 의심했다. 그 것이 패착이었다.

배신자가 아닌 방주를 의심해 파고들려 하니 제대로 된 것 을 알아낼 수 있을 리가 없었다.

그나마도 얻었던 정보는 모두 묵걸개의 지시 아래 조작된 정보였을 터. 그러니 가면 갈수록 벽에 부딪치는 느낌이 들었 던 것이다.

기재이자 수재라 일컬어지던 호걸개다.

자존심이 상하는 일이기도 했지만 자신의 한계와 자만심을 자책하는 계기이기도 했다.

서윤은 이번 일을 기점으로 호걸개가 한 단계 성장할 것이 라 생각했다.

자신도 그랬으니까.

수많은 실패와 좌절을 맛보고 지금 이 자리에 섰다.

물론 아직 우뚝 선 것은 아니지만 예전을 되돌아보면 괄목 상대라는 말이 딱 맞다 할 수 있었다.

"하……."

호걸개가 그대로 벌러덩 드러누워 버렸다. 그러고는 슬쩍 시선을 들어 옥사 벽에 있는 작은 창문을 쳐다보았다.

"밤하늘이 짜증 나게 맑군."

작은 창으로 보이는 밤하늘은 맑았다.

밖에 켜져 있는 불빛들 때문에 많이 보이지는 않았지만 밝은 빛을 내뿜는 별들이 호걸개의 눈동자에 비치고 있었다.

"우쒸!"

갑자기 호걸개가 깜짝 놀라며 몸을 퉁겨 일어났다.

그에 곁에 있던 서윤이 미소를 지었다. 서윤은 호걸개가 왜 그런 반응을 보였는지 알고 있었기 때문이다.

"살만 하오?"

좁은 창을 통해 얼굴을 들이민 사람은 다름 아닌 봉황곡 살수였다. 기척도 없이 불쑥 나타나는 바람에 호걸개만 깜짝 놀란 것이다.

"거기 그렇게 매달려 있으면 사람들 눈에 띌 텐데."

"걱정 마시오. 교대 시간이라 일 각 정도는 틈이 있으니."

"어떻게 찾았소?"

"뭐, 어쩌다 보니 찾았소. 살려고 옥사에 들어오다니. 대단한 사람이오."

"칭찬으로 알겠소."

서윤이 미소 지으며 대답했다.

"시간이 얼마 없으니 짧게 말하겠소. 검왕이 깨어났소."

"그렇습니까?"

서윤의 표정이 밝아졌다. 그건 호걸개 역시 마찬가지였다. 방금 전까지의 답답함이 조금은 씻겨 내려간 듯한 표정이었다.

"부탁 하나만 합시다."

"나중에 보수를 얼마나 주려고 계속 부탁만 하는 것이오?"

"하하하!"

봉황곡 살수의 물음에 서윤은 웃음을 터뜨릴 뿐이었다.

"시간 없으니 빨리 말하시오."

"묵걸개의 소재, 혹은 개방 방주의 소재 좀 찾아주시오. 그리고 대륙상단에 가서 팽가주님께 개방의 배신자는 묵걸개이며 그가 개방을 장악했다고 전해주시오."

"묵걸개 장로? 두문불출하기로 유명한 그분이 배신자라고?"

봉황곡 살수는 서윤의 말을 듣고 놀란 표정을 지었다.

"그렇소. 묵걸개 장로를 만나러 갔다가 죽을 뻔한 것이니까."

"하. 난 그곳에 가다가 공격을 받은 것인 줄 알았는데 아니었군. 알겠소. 그리 하리다. 그보다 어떻게 할 생각이오?"

봉황곡 살수의 물음에 서윤이 어깨를 으쓱해 보였다. 지금으로서는 당장 어떻게 할 수 있는 것이 없었다.

"서둘러 나오시오. 지금 분위기가 심상치 않소. 적들이 대놓고 움직일 기미를 보이고 있다 하오."

"그건 어떻게 들었소?"

"하오문을 통해서. 상단주가 재물을 더 주고 지속적으로 정보를 알려달라 했더이다."

살수의 말에 서윤이 의외라는 듯한 표정을 지었다. 하지만 그것은 오랜 세월 상계에서 일해 온 설군우의 촉에서 비롯된 결정이었다.

개방의 분위기가 심상치 않으니 어떻게 해서든 도움이 되고자 하는 마음에서 한 일이었다.

"알겠소. 오래 걸리지는 않을 것 같으니 일단 돌아가 계시오."

"그러겠소."

그렇게 말한 살수가 모습을 감췄다.

"적들의 움직임이라니. 그러고 보니 공동의 일은 어떻게 됐는지 궁금하군."

호걸개가 중얼거렸다.

본격적으로 적들이 활동을 시작할 것이라면 기존에 처리하려던 것들부터 발 빠르게 처리할 공산이 컸다.

그중 한 가지가 공동파를 치는 일. 황보세가의 지원군이 그리로 향했다지만 안심할 수는 없었다.

"서둘러 나가야겠습니다."

"그게 우리 마음대로 된다면야 이리 마음이 불편하지는 않지 않았겠소?"

호걸개의 말에 서윤은 말없이 고개를 끄덕였다.

옥사에 갇힌 지 거의 열흘이 다되었다.

생각보다 시간이 오래 걸리자 두 사람은 옥사를 부수고 도 망칠까 하는 생각도 했다.

못 할 것은 아니었지만 그렇게 하면 괜히 일만 키우는 꼴이 기에 답답하고 조급해도 참을 수밖에 없었다.

그렇게 열흘째 되는 날.

서윤의 신원을 확인해 줄 사람이 도착했다.

"서 소협!"

낯익은 목소리. 서윤은 그의 얼굴을 보고 굉장히 반가워했 다.

서윤을 찾아온 사람은 다름 아닌 관치원이었던 것이다.

"하하! 살아 계실 줄 알았습니다. 봉황곡 쪽에 의뢰를 했었 는데 아무런 소식도 없어 걱정을 하기는 했지만."

서윤의 생사를 확인한 관치원의 표정과 목소리는 굉장히 밝았다. 그것은 서윤도 마찬가지였지만 마냥 회포를 풀고 있 을 수만은 없었다.

"그분이 맞습니까?"

이곳 관아의 관리가 관치원에게 물었다. 존대를 쓰는 것으 로 보아 관치원이 위의 직급인 듯했다.

"그렇다. 돌아가신 권왕 신도장천의 제자분이자 무림맹에 속해 계신 분이다. 그때도 오해를 사시더니 이번엔 아예 제 발로 찾아오셨다고요?"

"그렇게 됐습니다."

서윤의 대답에 미소를 지은 관치원이 관리에게 말했다.

"신분은 내가 보장한다. 그러니 풀어드리도록."

"알겠습니다."

그 말이 끝나자 옥사를 지키던 병사들이 문을 열어주었다.

"고생하셨습니다."

"고생이랄 것도 없었습니다. 그동안 잘 쉬었으니까요."

서윤의 대답에 관치원이 너털웃음을 터뜨렸다.

"지난번 일을 좀 알아봤는데……."

"아, 그 일은 모두 해결됐습니다. 누구의 짓인지 알았으니. 그리고 그들은 이 세상에 존재하지 않습니다."

"아! 그렇군요. 제가 한 발 늦었습니다. 그럼 이제 앞으로 어떻게 하실 겁니까?"

"부탁을 좀 들어주십시오."

부탁을 들어달라는 서윤의 말에 관치원은 무엇이든 말해보라는 표정을 지었다.

그에 서윤은 미소를 지었다.

따그락. 따그락.

끼익! 끼익! 끼익!

말발굽 소리와 마차 굴러가는 소리가 들렸다.

사람들은 마차에 타고 있는 서윤과 호걸개를 보며 수군거리고 있었다.

지금 두 사람은 죄인 호송용 마차에 탄 채 어디론가 향하고 있었다.

그 주변에는 병사들이 있었고 선두에는 관치원이 진지한 표정으로 말을 몰고 있었다.

[꼭 이것밖에 방법이 없었소? 그냥 호위 좀 해달라고 하면 되었을 것을.]

[이러는 편이 자연스럽고 좋습니다.]

[허허. 그래도 이건 좀…….]

난감해하는 호걸개의 전음을 들으며 서윤은 애써 피어오르는 미소를 참고 있었다.

선두에서 말을 몰고 있는 관치원은 뒤쪽을 슬쩍 쳐다보았다.

'이런 방법이라니.'

관치원도 호걸개만큼이나 당황스럽기 그지없었다. 이런 식으로 섬서성까지 호위를 부탁하다니.

처음 서윤에게서 그런 부탁을 받았을 때 얼마나 당황했던 가.

자신의 귀를 의심했지만 서윤의 표정은 진지했다.

하지만 그만큼 기발하면서도 안전한 방법이기도 했다.

'사람 다시 봐야겠군.'

그렇게 생각하며 관치원은 조금 더 속도를 높여 말을 몰았 다.

빠른 속도는 아니었지만 확실히 안전하기는 했다.

섬서성에 도착할 때까지 그 어떤 공격도 받지 않았다. 간혹 접근하는 자들의 기척이 느껴지기는 했으나 지켜보고 돌아가 기만 할 뿐이었다.

이렇게 되자 호걸개 역시 처음과 달리 편안한 마음으로 섬 서성까지 오게 되었다.

서안에 도착한 두 사람은 호송용 마차에서 내렸다.

그러자 관치원도 말에서 내려 두 사람에게 다가왔다.

"다행입니다. 별일 없어서."

"저희도 다행이라 생각하고 있던 참입니다."

서윤의 대답에 관치원이 미소를 지었다.

"이제 어떻게 하실 생각이십니까?"

"힘닿는 데까지 싸워서 이겨야지요."

그렇게 대답한 서윤이 호걸개를 바라보았다.

"전 이 길로 대륙상단에 갈 생각입니다. 어떻게 하시겠습니까?"

"난 분타로 가봐야겠소. 분타부터 싹 정리하고 그 뒤에 찾아 가리다."

"위험할 수도 있지 않겠습니까?"

"그럴 수도 있소. 하지만 어쩌겠소? 거기 있는 애들은 내 자식들이오. 잘못이 있고 없고를 가려 벌을 주고 기회를 주는 것도 내가 할 일이지."

호걸개의 대답에 서윤이 고개를 끄덕였다. 그의 말에서 지금까지와 다른 무언가가 느껴졌기 때문이었다.

"알겠습니다. 대륙상단에서 기다리고 있겠습니다."

"그러시오. 가서 안부 전해주시고."

"알겠습니다."

서윤과 짧은 인사를 나눈 호걸개가 먼저 섬서 분타 쪽으로 발걸음을 옮겼다.

"저도 이만 가보겠습니다."

"예. 이렇게 도움이 되어 기쁘군요."

관치원의 말에 서윤은 미소로 대답했다.

"앞으로의 무운을 빌겠습니다."

"예, 감사합니다."

관치원과 인사를 나눈 서윤도 곧장 대륙상단을 향해 발걸음을 옮겼다.

멀어지는 서윤의 뒷모습을 한참 바라보던 그가 다시 말에 올랐다.

"우리도 가자. 갈 길이 멀다."

그렇게 말한 관치원이 왔던 길로 말을 몰았다.

서로 다른 방향으로 멀어지는 세 사람. 하지만 그들에게서 뻗어 나온 인연의 끈은 질기고 단단했다.

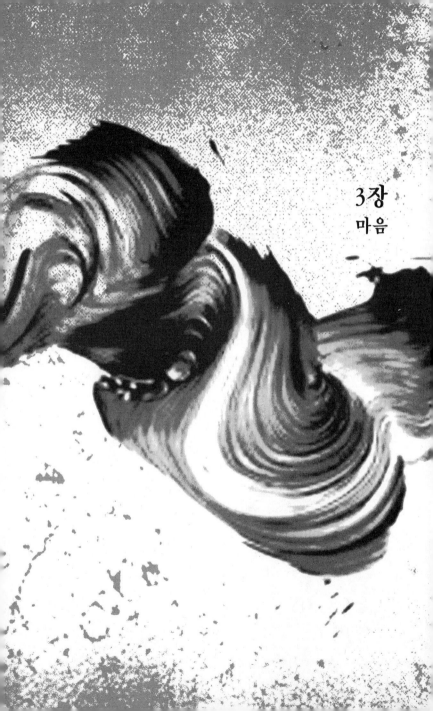

3장
마음

風神 徐閏

풍신서윤

서윤이 무사히 대륙상단에 도착하자 설시연이 그를 반겼다.

시간이 꽤 오래 걸렸음에도 예전처럼 초조해하고 걱정한 기색은 아니었다.

그사이에 설백이 깨어나 거기에 어느 정도 정신을 빼앗긴 탓도 있었지만 무엇보다도 서윤에 대한 믿음이 커졌기 때문이기도 했다.

"종조부님께서 깨어나셨다고 들었습니다."

"예, 깨어나셨어요. 회복 중이신데 경과가 좋다고 하네요."

나란히 걸으며 대화를 나누는 두 사람의 앞에 설군우와 설궁도가 나타났다.

"잘 다녀왔느냐?"

"예, 무사히 잘 다녀왔습니다."

"그래. 고생했구나."

설군우 역시 예전처럼 걱정하는 표정이 아니었다. 마치 잠시 외출했다가 돌아온 조카를 대하듯하고 있었다.

"바로 종조부님을 뵈려고 합니다. 저에 대한 이야기는 해두셨습니까?"

서윤의 물음에 설군우가 고개를 저었다. 그에 서윤이 어째서냐는 듯 설군우와 설궁도, 설시연을 번갈아 바라보았다.

"아직 할아버지께 그 어떤 것도 묻지 않았어요. 해드린 말도 없었고 물어 보지도 않으셨고요. 혹여나 충격받으셔서 상태가 악화될까 걱정스러웠거든요."

설시연의 말에 서윤이 고개를 끄덕였다. 충분히 그럴 수 있겠다 싶었다.

"인사부터 드리겠습니다."

"그러려무나."

설군우의 대답에 서윤은 곧장 설백의 방으로 향했다.

서윤이 설백이 있는 방의 문을 조심스럽게 열자 그곳에 있던 의선과 동이 자리에서 일어섰다.

"고생 많으셨습니다."

"고생은 무슨."

의선의 대답에 옅은 미소로 화답한 서윤이 자신을 바라보고 있는 설백에게 다가갔다.

"알겠구나. 네가 누군지."

설백의 목소리는 또렷했다. 어눌한 것도 없었고 힘도 있었다. 그간 순조롭게 회복한 덕분이었다.

"예, 제 할아버지께서 신도 성씨에 장천이라는 이름을 쓰셨습니다. 전 서윤입니다. 종조부님."

"친손자는 아니지만 많이 닮았구나, 그 친구와."

설백의 눈동자가 촉촉해졌다.

"고생 많으셨습니다."

"아니다. 듣고 싶은 게 많구나. 앉거라."

설백의 말에 서윤이 그의 곁에 앉았다.

"그래, 그 친구는… 그런 거겠지?"

"…예."

설백은 서윤을 본 순간부터 신도장천의 죽음을 예상하고 있었다. 아니, 자신이 깨어났음에도 식구들 중 누구도 신도장천의 이야기를 하지 않는 것을 보며 진작 예감하고 있었다.

"나 때문에 그 친구를 먼저 보냈구나. 네게 미안하다."

"아닙니다. 종조부님 때문이 아닙니다."

그렇게 대답하는 서윤을 설백은 빤히 바라보았다. 그러고는 한참 뒤에 다시 말했다.

"내 무공을 잃어 기운을 읽을 수는 없으나 네게서는 그 친구 못지않은 기백이 보이는구나. 잘 컸어. 고생도 많이 했겠고."

"할아버지의 유언이 있었습니다. 그것만 보고 열심히 달려왔으나 아직은 부족합니다."

"당연하겠지. 부족한 것은 당연하다. 그 친구의 유언이라면… 풍신이 되라는 것이었겠지?"

"예."

"젊어서부터 입에 버릇처럼 달고 살았다. 풍신이라는 두 글자를……. 꼭 이루고 말겠다고 다짐에 다짐을 했지만 끝내 이루지 못하고 떠나고 말았구나."

"저는 꼭 이루려고 합니다."

"그래. 정진하고 또 정진하면 이룰 수 있을 것이다. 그 친구의 간절한 염원이 함께할 테니. 하지만 지금 상황이 그런 것을 허락할지 의문이구나."

서윤은 설백을 가만히 바라보았다.

그간 의식을 잃고 누워 있었음에도 그의 눈빛은 모든 것을 알고 있는 듯했다.

"궁금한 것도 많을 것이고 꼭 필요한 이야기도 있을 것이다. 하지만 지금은 때가 아니구나."

설백의 말에 서윤의 눈동자가 흔들렸다. 지금 이 순간에도 어디에서 어떤 싸움이 벌어지고 있는지 알 수 없었다.

"조급해하지 말거라. 지금은 그것이 우선이 아니니라."

그렇게 말하며 설백이 설시연을 바라보았다. 그러자 설시연이 서윤의 옆에 앉았다.

"현 무림의 정세가 어떻게 돌아가는지는 내 정확히 알지 못한다. 하지만 그 어느 때보다 급박하고 위험하게 돌아가고 있다는 건 느낌으로 알 수 있구나. 제대로 준비가 되어 있지 않다면 그를 이길 수 없다."

서윤은 설백이 말하는 그가 마교주를 뜻한다는 것을 알 수 있었다.

"그는 강하다. 이미 나를 이 지경으로 만들었고 그 친구를 하늘로 보냈어. 그리고 지금 이 순간에도 강해지고 있겠지. 하지만 그럼에도 그를 멈춰 세울 수 있는 건 너희 둘뿐이다."

설백이 서윤과 설시연을 번갈아 바라보았다.

"연아."

"네, 할아버지."

"그간 많이 답답했을 게다. 내가 곁에 있었다면 벌써 큰 성취를 이룰 수 있었겠지."

"아니에요."

설시연이 대답했다. 하지만 설백은 고개를 저었다.

"아니야. 그건 사실이지. 그래서 이제라도 시작할 생각이다."

설백의 말에 설시연이 흔들리는 눈빛으로 그를 바라보았다.

"내가 가진 여의제룡검의 정수를 모두 네게 전달해 주마."

"할아버지."

설시연은 그 말에 기쁘기도 하고 안타깝기도 한 복잡한 감정이 밀려왔다.

그런 설시연의 시선을 뒤로 하고 설백이 서윤을 바라보았다.

"그 친구의 풍절비룡권을 나만큼 잘 아는 이는 없을 것이다. 비록 그 친구에게 직접 배우는 것만 못하겠지만 너에게도 내 힘닿는 데까지 모든 걸 전해주마."

서윤은 아무런 대답도 하지 않았다. 설백이 무리하려 하고 있다는 걸 잘 알고 있기 때문이었다.

"무림은 이왕(二王)의 시대였으나 앞으로의 무림은 이신(二神)의 시대가 될 것이다."

그렇게 말하는 설백의 목소리에는 그 어느 때보다 확신에 차 있었다.

*   *   *

개방 섬서 분타는 난리가 났다.

호걸개의 실종 이후 어찌해야 할지 갈피를 잡지 못하고 좌불안석하고 있던 분타 거지들 앞에 호걸개가 나타난 것이다.

섬서 분타 개방도들은 기쁨을 감추지 못했다.

호걸개는 그들의 환한 표정을 보며 조금은 마음이 놓이는 것 같았다.

자식 같은 섬서 분타 개방도들이다. 이들 중에는 배신자가 없을 것이다.

이런 마음이 고개를 들었다.

그들의 환영을 받으며 자신의 거처에 들어선 호걸개는 크게 숨을 들이마셨다.

마치 고향으로 돌아온 것 같은 친숙함이 코를 통해 몸 속 깊숙이 들어오는 것 같았다.

하지만 그와 동시에 호걸개는 이성을 찾았다.

감성에 젖어 일을 그르칠 수 없었다. 개방도들의 공격을 받으면서 이미 그런 것은 당분간 접어두기로 마음먹은 그였다.

"애들 다 집합시켜!"

섬서 분타에 돌아온 첫날, 호걸개가 내린 첫 번째 명령이었다.

호걸개의 명령에 분타 앞에 거지들이 총집합했다.

처음 있는 일에 모인 거지들의 표정에는 긴장이 가득했다. 그러기를 잠시 후.

호걸개가 그들 앞에 모습을 드러냈다.

진지한 그의 표정을 본 거지들은 더욱 긴장한 듯 자세가 바짝 얼어 있었다.

"다들 모아 놓고 하고 싶은 말이 있어서 모이라고 했다."

호걸개의 말에 거지들은 입을 꾹 다문 채 그의 말에 귀를 기울였다.

"이 중에는 나보다 나이가 많은 자도 있고 어린 자도 있다. 하지만 난 항상 너희를 내 자식처럼 생각해 왔다. 너희 한 명 한 명이 모두 소중하지."

괜히 뭉클해지는 그 말에 거지들 중 몇 명이 코를 훌쩍였다.

"없을 거라 생각하지만 이 중에는 묵걸개 장로에게 붙은 사람이 있을지도 모른다. 그리고 아닌 사람도 있을 것이다. 사람은 누구나 속을 수 있다. 하지만 혹시라도 이 중에 그런 사람이 있다면 묵걸개 장로의 말은 사실이 아니라고 말하고 싶다. 나의 실종에는 개방이 있었다. 나를 공격한 자는 우리 방도들이었고 어렵게 찾아간 묵걸개 장로는 나를 공격했다."

호걸개의 말에 일부 거지들은 큰 충격을 받은 듯한 표정을 지었다.

"그가 그랬을 수도 있다. 내가 배신자라고. 나는 죽어 마땅한 자라고. 하지만! 묵걸개 장로는 방주를 억류하고 개방을 장악했으며 수많은 정보를 조작하여 정도 무림의 눈과 귀를 멀게 만들었다! 지금 중원의 위기는 그가 만들어낸 것이다."

호걸개의 말에 장내가 조용해졌다. 잠시 그들을 훑던 호걸개가 다시 말을 이었다.

"앞서 말했듯이 너희는 내 자식들이다! 부모는 자식의 잘못을 그냥 두고 보지 않는다. 하지만 그렇다고 해서 내치지도 않는다. 타이르고 타일러서 반성하게 하고 다시 한 번 기회를 준다. 나 역시 마찬가지! 스스로 반성할 기회와 그를 만회할 기회를 주려고 한다!"

호걸개의 말에 거지들의 분위기가 일렁였다. 표정이 변하지 않았고 아무런 말도 하지 않았지만 분위기는 분명 바뀌어 있었다.

"하루의 시간을 주겠다. 개인적으로 찾아오든 단체로 찾아오든 죄를 빌고 기회를 청하면 난 응할 것이다."

그렇게 말한 호걸개가 몸을 돌렸다. 그러고는 분타 안으로 들어가려다가 다시 몸을 돌렸다.

계속해서 서 있는 거지들을 한 번 훑어본 뒤 그가 다시 입을 열었다.

"보고 싶었다."

그 짧은 한 마디를 남기고 호걸개는 분타 안으로 자취를 감췄다.

서 있던 거지들이 하나둘씩 흩어졌다.

그들의 표정에는 여러 가지 감정들이 스쳐 지나가고 있었다.

그날 저녁.

호걸개는 자신의 처소에서 아무것도 하지 않은 채 앉은 상태로 눈을 감고 있었다.

그러던 그가 가만히 눈을 떴다.

처소 밖에 하나둘씩 모여드는 기척이 느껴졌기 때문이었다.

자의에 의해, 혹은 타의에 의해 묵걸개의 배신행위에 가담한 자들이리라.

호걸개가 자리에서 일어났다.

밖으로 나가면 어떤 일이 벌어질지 모른다.

그들이 공격을 할 수도 있고 아니면 낮에 그가 말한 대로 기회를 청할 수도 있었다.

"후……."

처소 문을 열기 전 호걸개가 크게 한숨을 쉬었다.

자신에게 기회를 청할 것이라는 기대감과 함께 불안감, 긴장감이 한꺼번에 몰려왔다.

하지만 피할 수는 없는 노릇.

이곳에서 죽든 아니면 살아서 더 큰 일을 도모하든 문을 열고 나가 그들과 대면해야만 했다.

망설임을 뒤로하고 호걸개가 힘차게 문을 열고 밖으로 나갔다.

그곳에는 역시나 섬서 분타 거지들이 도열해 있었다.

도열해 있는 그들의 모습에 호걸개는 조금 마음을 놓았다. 만약 공격할 의사가 있었다면 도열해 있지도 않았을 것이며 문을 열고 나오는 순간 바로 공격을 했을 것이기 때문이었다.

호걸개는 덤덤한 눈빛으로 그들 한 명 한 명을 바라보았다.

거지들은 호걸개의 시선을 피하지 않았다.

"기회를 얻고자 모인 건가?"

호걸개의 물음에 아무도 대답하지 않았다.

이어지는 침묵에 호걸개 역시 입을 굳건히 다문 채 다시 한 번 그들을 응시했다.

최연소 장로. 그에 걸맞은 실력과 인성.

그리고 오랜 시간 섬서분타를 이끌어 오면서 절로 몸에 밴 특유의 기백까지.

그런 것들이 자연스럽게 흘러나오고 있었다.

호걸개의 그런 분위기에 취한 탓일까. 누군가가 입을 열었다.

"기회를 주십시오!"

용기 내어 내뱉은 한 마디.

시작은 어렵지만 시작하면 쉽다는 말이 있던가. 그 한 마디 외침이 물꼬가 되었다.

"기회를 주십시오!"

호걸개의 앞에 도열해 있는 모두가 한마음 한뜻으로 외쳤다.

호걸개의 눈동자가 흔들렸다.

알 수 없는 감정이 가슴속에서 휘몰아쳤지만 그는 겉으로 드러내지 않았다.

"내 머리는."

호걸개가 입을 열었다. 그러자 기회를 달라 외치던 거지들이 일제히 입을 다물었다.

"지금 나에게 기회를 달라고 외치는 이 순간에도 마음에서 우러나온 것이 아닌 그런 척을 하는 사람이 한둘은 있을지도 모른다고 하고 있다."

호걸개의 그 말에 거지들은 아무런 말도 하지 않았다.

"얼마 되지 않는, 짧은 기간 동안 내가 겪은 일이 내 이성으로 하여금 끊임없이 그런 의심을 하게 만들었다. 하지만!"

그렇게 말하며 호걸개가 자신의 가슴에 손을 가져다 대었다.

"내 마음은 너희들 모두가 진심이라고 믿고 있다. 난 애초부터 머리로 무언가를 생각하는 사람이 아니다. 내 마음이 가는 대로 믿고 움직일 것이다."

호걸개의 말에 거지들의 분위기가 조금은 밝아졌다.

"너희들을 믿는다. 너희를 믿지 않으면 난 믿을 사람이 없다. 너희를 믿고 힘을 얻겠다. 도와다오."

"물론입니다!"

마치 짜기라도 한 것처럼 거지들이 동시에 외쳤다.

"좋다! 이 시간 이후로 너희들이 오늘 낮까지 했던 행동과 생각들은 모두 지운다. 나도, 그리고 너희도."

"예!"

거지들의 목소리가 더욱 커졌다. 그 안에서 후련함이 느껴졌다.

"늦었다. 해산하도록! 날이 밝으면 바빠질 것이다."

"예!"

호걸개의 명령에 도열해 있던 거지들이 흩어졌다. 그들을 바라보는 호걸개의 표정에도 후련함이 드러나 있었다.

*   *   *

서윤은 연무장에 서서 밤하늘을 올려다보고 있었다.

구름이 껴 달빛도, 별빛도 보이지 않았다. 마치 그것이 지금 자신의 마음인 것 같아 계속 쳐다보게 되었다.

"무슨 생각해요?"

"그냥 이런저런 생각합니다."

조용히 다가온 설시연의 물음에 서윤은 계속해서 밤하늘을 쳐다보며 대답했다.

"종조부님은?"

"조금 전에 잠드셨어요."

"그렇군요."

짧게 대답한 서윤이 설시연을 바라보았다. 설백이 깨어나고 표정도 많이 밝아진 그녀였다.

"축하합니다."

"뭐가요?"

"드디어 제대로 무공을 배울 수 있게 됐으니. 그렇게 원하던 걸 이루게 되지 않았습니까?"

서윤의 물음에 설시연이 엷은 미소를 지었다.

"좋은 일이죠. 하지만 반대로 무섭기도 해요."

"무섭다?"

"다시금 할아버지에게 무공을 배울 수 있게 되었는데. 그 이후에 벌어질 일을 감당할 수 있을까? 하는 생각을 하게 돼요. 그런 생각을 하다 보면 무섭죠."

설시연의 솔직한 말에 서윤은 가만히 고개를 끄덕였다.

"무섭죠. 당연한 겁니다. 저도 무섭습니다."

서윤의 말에 설시연이 가만히 그를 바라보았다.

"죽을 고비가 몇 번이나 있었습니다. 그중 몇 번은 누이도 함께였죠. 머리로는 몇 번을 생각했었습니다. '무서운데', '죽을지도 모르는데'. 하지만 지켜야 할 사람이 있을 때에는 그런 생각이 안 들더군요. 오로지 지켜야 한다는 생각만 가득했습니다. 죽는 것은 생각도 안 날 정도로."

서윤의 말을 설시연은 가만히 듣고만 있었다.

"그 순간에만 그런 거라 생각했습니다. 아니, 처음에는 실제로 그랬습니다. 아무 일이 없을 때에는 두렵다가도 그런 상황만 되면 안 그랬으니까요. 하지만 어느 순간부터 평소에도 온통 머릿속에는 지켜야 한다는 생각만 가득하더군요. 그래서 더 치열하게 고민하고 강해질 방법을 생각했습니다. 그런데 나중에는 어떻게 됐는지 아십니까?"

"어떻게 됐는데요?"

설시연의 물음에 서윤이 피식 웃더니 말을 이었다.

"내가 지켜야 한다고 생각했던 사람들에게 힘을 받고 있더군요. 가까이 있든 멀리 있든. 그 덕에 죽지 않고 지금까지 올 수 있었습니다."

"그렇군요."

설시연은 그 마음에 쉽게 공감하지 못했다. 일부는 이해할 수 있었지만 대부분은 그렇지 못했다.

"누이도 그렇게 될 겁니다."

"그럴까요."

"그럼요. 누이가 나에게 힘이 됐던 것처럼 저도 누이에게 힘을 줄 거니까요."

서윤의 말에 설시연이 살짝 눈을 크게 뜨고 서윤을 바라보았다.

"지켜야 할 사람이 많았습니다. 가깝게는 동네에 살던 우인이와 소옥이. 그리고 마을 사람들. 좀 더 크게는 숙부님, 형님, 그리고 누이. 그리고 생사를 함께 한 동료들까지. 그들 모두가 저에게 힘이 되었습니다."

서윤의 말에 설시연은 살짝 아쉬워하는 표정을 지으며 고개를 끄덕였다. 그녀의 그런 반응에도 서윤은 계속해서 말을 이었다.

"그런데 어느 순간 한 사람이 도드라지더군요. 내가 쓰러지면 그 사람이 위험해진다. 지킬 수 없다. 내가 죽으면 그 사람은 무너진다. 죽을 것 같은 상황에서 수많은 사람의 얼굴이 스쳐 지나갔지만 항상 마지막은 그 사람의 얼굴이었습니다."

설시연은 심장이 뛰는 걸 느꼈다. 바보가 아닌 이상 서윤이 하는 말이 무슨 뜻인지 못 알아차릴 리가 없었다.

"그게 누이였습니다. 고맙습니다. 지금까지 저를 살린 건 누이였습니다. 앞으로도 저에게 힘을 주십시오. 그리고 누이가 그랬던 것처럼 저도 누이에게 힘이 되고 싶습니다."

어느새 서윤과 설시연은 마주보고 있었다.

"그 말… 꼭 지켜요. 하루 이틀, 한 달 두 달이 아니라 평생. 안 그러면 용서 안 할 거예요."

"용서받을 짓, 안 하겠습니다."

그렇게 말하며 서윤이 설시연을 꼭 안았다. 설시연 역시 기쁜 표정으로 그의 품에 안겼다.

잠시 그렇게 설시연을 안고 있던 서윤이 조심스럽게 그녀를 품에서 떼어 내었다.

설시연은 서윤을 올려다보고 서윤은 그녀를 내려다보았다.

그리고 두 사람은 살포시 입을 맞추었다.

어두컴컴한 밤하늘을 뒤덮고 있던 구름이 조금씩 흘러가고, 이내 모습을 감추고 있던 달이 빼꼼 고개를 내밀었다.

구름을 밀어내고 조용히 내려앉은 달빛은 입 맞추고 있는 두 사람을 환하게 비추고 있었다.

*   *   *

날이 밝았다.

이른 시간 눈을 뜬 서윤은 가만히 침상에 누워 천장을 바라보고 있었다.

간밤의 일이 떠오르자 서윤은 자신도 모르게 입술을 매만졌다. 아직도 그때의 감촉이 남아 있는 것 같았다.

서윤은 슬며시 미소를 지었다.

그러고는 그 좋은 기분을 그대로 간직한 채 자리에서 벌떡 일어났다.

아침부터 몸 상태가 좋은 그였다.

씻고 옷을 입은 뒤 방을 나선 서윤은 자신을 찾아오던 설시연과 마주쳤다.

서윤은 환하게 미소를 지었고, 설시연은 조금 부끄러운 듯 살짝 고개를 돌렸다.

"잘 잤어요?"

"네."

부끄러워하며 조신하게 대답하는 그녀의 모습에 미소를 지은 서윤이 물었다.

"이렇게 일찍 무슨 일이에요?"

"보고싶… 아니, 손님이 오셨어요."

황급히 말을 바꾸는 그녀의 모습이 귀여웠는지 서윤이 다시 한 번 미소를 지었다.

"찾아온 사람은 누굽니까?"

"호걸개 장로예요."

호걸개 장로가 찾아왔다는 말에 서윤이 미소를 거두고는 고개를 끄덕였다.

"어디 있습니까?"

"연무장 쪽예요. 접객실로 모시려고 했는데 굳이 거기로 가 겠다고……."

"알겠어요."

그렇게 말한 서윤이 발걸음을 서둘렀다.

"식사는요?"

"호 장로님부터 만나보고 그 이후에 먹겠습니다. 이따가 방 에 좀 가져다줄 수 있죠?"

서윤의 물음에 설시연이 가만히 고개를 끄덕였다.

"고맙습니다."

미소와 함께 고맙다고 한 서윤은 서둘러 호걸개가 기다리 고 있는 연무장 쪽으로 발걸음을 옮겼다.

그에 설시연은 괜히 손부채질을 하며 총총 걸음으로 자리 를 옮겼다.

연무장에 가자 호걸개가 뒷짐을 진 채 어슬렁거리고 있었 다. 그런 그를 본 서윤이 서둘러 그에게 다가갔다.

"오래 기다리셨습니까?"

"아, 아니오. 아침부터 표정이 밝아 보이는데. 무슨 좋은 일이라도 있소?"

"아닙니다. 그보다, 섬서 분타의 일은 어떻게 됐습니까?"

"다행히 잘 마무리됐소. 역시나 배신자가 있더이다."

호걸개의 말에 서윤의 표정이 딱딱하게 굳었다.

"그들에게 진심으로 다가가 그들을 설득했고 그들도 기회를 한 번 더 달라고 하더이다."

"그래서 어떻게 하셨습니까?"

"기회를 주기로 했소."

"하지만……."

서윤의 말을 자르며 호걸개가 고개를 저었다.

"지난번 말했듯이 내 사람들이오. 그들이 없다면 난 아무것도 할 수 없소. 무슨 말을 하려는지 알지만 그들에게서 난 진심을 느꼈고 내 마음이 시키는 대로 하려고 하오."

호걸개의 말에 서윤은 그저 고개를 끄덕일 수밖에 없었다. 그만큼 호걸개의 말에서 확고한 의지를 느낄 수 있었던 까닭이었다.

"잘 하실 거라 믿습니다."

"잘 해야지. 아침부터 빡세게 일시키고 오는 길이라오."

호걸개의 말에 서윤이 미소를 지었다.

"검왕 선배님은?"

"많이 좋아지셨습니다. 아, 말이 나와서 하는 말인데 부탁이 있습니다. 아니, 부탁이 아니라 반드시 그렇게 해야만 하는 일입니다."

서윤의 진지한 말에 호걸개가 고개를 끄덕였다.

"저와 누이는 곧 종조부님과 함께 수련에 들어갈 겁니다. 아마 바깥출입은 거의 할 수 없겠지요."

"잘 됐구려."

호걸개의 말에 서윤이 고개를 끄덕이고는 말을 이었다.

"그 기간이 얼마나 걸릴지는 모르겠지만 짧은 시간은 아닐 겁니다. 그사이에 어떻게 해서든 개방을 손아귀에 넣으십시오."

"최선을 다하리다."

"아니, 최선을 다하는 것으로는 안 됩니다. 저와 누이가 수련을 끝내는 그날, 개방은 온전히 정도 무림의 눈과 귀로서의 역할을 할 수 있어야 합니다."

서윤의 말에 호걸개가 그를 빤히 바라보았다.

"알겠소. 꼭 그렇게 하리다."

"믿겠습니다."

서윤의 말에 호걸개가 고개를 끄덕였다. 서윤도 고개를 끄덕였다.

서로에게 다짐하며, 그리고 스스로에게 다짐하며 의지를 다지는 두 사람이었다.

며칠이 지났다.

설백의 상태가 많이 좋아지기는 했으나 아직 설시연과 서윤의 수련을 봐주기에는 무리가 있다는 의선의 말에 시간이 조금 지체되었다.

그사이 서윤과 설시연은 서로의 무공을 봐주며 나날을 보내고 있었다.

무공 수련이었지만 두 사람은 그 시간이 마냥 좋았다.

다른 사람의 눈치 볼 것 없이 온전히 두 사람만의 시간을 보낼 수 있었기 때문이었다.

이 시간이 오래 지속됐으면 하는 것이 두 사람의 솔직한 마음이었지만 그럴 수는 없었다.

설백 역시 두 사람의 무공을 하루라도 빨리 성장시켜야 한다는 생각에 계속해서 고집을 부리고 있었다.

결국 의선은 동이 함께 한다는 조건하에 무공 수련을 허락했다.

연무장 입구 쪽에 담이 쌓이고 단단한 철문이 생겼으며, 외곽의 담은 밖으로 넘어갈 수 없을 만큼 더욱 높아졌다.

그렇게 되자 설군우는 연무장을 중심으로 아무도 출입하지 못하도록 상단 전체에 단단히 명을 내렸다.

그곳에 출입할 수 있는 사람은 오로지 동뿐이었다.

식사를 가져다주는 것부터 시작해서 설백의 상태를 살피는 일까지.

힘든 일이었지만 동은 하기 싫은 기색을 보이지 않았다.

언제나처럼 큰 표정의 변화 없이, 그리고 불만불평 없이 그러겠노라 답했다.

설백과 설시연, 그리고 서윤이 수련을 위해 연무장으로 들어가는 날 설군우와 설궁도, 연 씨와 팽도웅까지 배웅을 나왔다.

상단 내에 준비된 연무장으로 들어가는 것이었지만 폐관의 성격을 띠고 있기 때문이었다.

"괜찮으시겠습니까, 아버지?"

"걱정 말거라."

설백의 대답에도 설군우의 얼굴에는 근심이 가득한 표정이 드러나 있었다.

"너무 걱정 마십시오, 숙부님."

"그래. 너만 믿겠다."

설군우의 말에 서윤도 입술을 굳게 다물고는 고개를 끄덕였다.

"연아."

"네."

"너무 무리하지는 말거라. 욕심이 과하면 해가 되는 법이다. 잘 알고 있지?"

"그럼요."

설시연이 설군우를 안심시키려는 듯 미소를 지었다.

"마음이 급하구나. 얼른 들어가자꾸나."

설백의 재촉에 가족들과 짧은 인사를 나눈 서윤과 설시연은 설백, 동과 함께 연무장 안으로 들어갔다.

무림의 명운을 짊어진 두 젊은이의 무운을 빌어주는 사람들만이 멀어지는 그들의 뒷모습을 걱정스럽게 바라볼 뿐이었다.

4장
활약(活躍)

風神 徐間

풍신 서윤

무림맹의 후미진 곳.

그곳에는 허름한 처소와 작은 연무장이 있었다. 사람들이
관심을 두지 않는 곳, 철저하게 외면받는 곳이었다.

그곳에서 진지한 표정으로 구슬땀을 흘리는 사람들이 있었
다.

가벼운 말 한 마디 붙이기 어려울 정도로 무거운 분위기를
풍기는 자들.

서윤 덕분에 목숨을 건진 의협대 삼 조였다.

종리혁과 제갈공은 그들을 원 소속 문파와 세가로 보내는

걸 심각하게 고려했다.

당장 다른 부대에 편성하기도 어려웠고 그렇다고 그들을 언제까지고 무림맹에 두기도 어려웠기 때문이었다.

하지만 결국 그들은 무림맹에 남았다. 이는 본인들 스스로가 원했기 때문이었다.

종리혁을 찾아가 남겠다는 의사를 보인 사람은 천보였다.

이대로 사문으로 돌아가면 다시금 안정을 찾고 편안하게 생활할 수 있을지 몰랐다.

하지만 그러고 싶지 않았다.

자신을 좀 더 한계까지 내몰아 성장해 서윤의 복수를 하고 싶은 마음이 컸다.

그것은 자신 혼자만의 힘으로는 어려운 일이었다.

하지만 천보뿐만이 아니라 조원 모두가 원했다. 모두가 같은 생각으로 남고자 했고 하나의 목표를 위해 움직이고자 했다.

그들의 간절한 의지는 고스란히 종리혁에게 전달되었고, 종리혁은 고심 끝에 그것을 허락했다.

하지만 그가 해줄 수 있는 것은 최소한의 지원뿐이었다.

의협대가 처음 창설되었을 때에도 큰 지원을 해주지는 못했지만 이번에는 더욱더 어려웠다.

상단들과 표국들의 상황이 어려워지면서 무림맹의 운영 역시 긴축해야 할 필요가 있었기 때문이었다.

결국 그들에게 제공된 것은 세끼 식사와 허름한 처소, 그리고 잡초가 무성한 작은 연무장 하나뿐이었다.

하지만 천보를 비롯한 조원들은 불평 한 마디 하지 않았다. 이곳에 남아 힘을 기르고 복수를 꿈꿀 수 있게 된 것만으로도 만족스러워했다.

그날 이후로 조원들은 혹독한 수련에 들어갔다.

먹고 자는 것은 오로지 수련을 제대로 하기 위한 방편에 불과했다.

피로를 풀고 좀 더 오랜 시간 집중하기 위해 잠을 청했으며 수련에 필요한 힘을 얻기 위해 밥을 먹었다.

그들에게 자는 것과 먹는 것을 비롯한 모든 생활은 수련을 위한 것이었다.

가르쳐 주는 이는 없었다.

관심을 가지고 찾아오는 것도 극소수에 불과했다.

모든 것을 밑바닥부터 시작해야 했다. 하지만 그들은 그럴수록 더욱 이를 악물었다.

익숙해지는 것을 두려워했으며 하루하루 처절하게 수련했다.

잡초가 무성하던 연무장은 어느새 깔끔했다.

베거나 뽑은 것이 아니었다. 수련을 위해 부지런히 연무장을 오간 탓에 잡초들이 올라올 틈이 없었던 것이다.

그 정도로 그들은 수련을 거듭했고 느리지만 확실하게 성장해 나가고 있었다.

시간이 꽤 흘렀지만 그런 의지는 조금도 줄어들지 않았다.

오히려 의지가 더욱 강해져 과하지 않나 싶을 때가 있었다. 과유불급이라 했지만 적어도 이들에게는 해당되지 않는 말인 것 같았다.

조용히 그들을 찾은 종리혁은 말없이 그들을 바라보고 있었다.

언제나와 같았다.

그들은 맹주인 자신이 왔다고 해서 하던 것을 멈추고 예를 차리는 것 따위는 하지 않았다.

수련을 해야 할 시간에 찾아온 자신은 그들에게 있어서 불청객 그 이상도 그 이하도 아니었다.

'확실히 강해졌다.'

종리혁은 하루가 다르게 변해가는 그들의 모습을 보며 감탄하고 있었다.

인간에게 한계가 없다는 걸 그들이 몸소 보여주고 있었다.

종리혁은 가만히 서서 그들의 수련이 끝나기를 기다렸다.

그렇게 시간이 흘러 종리혁이 그들을 찾은 지 한 시진이 지나서야 천보가 조원들에게 휴식을 내렸다.

수련을 하던 조원들은 하던 것을 모두 멈추고 그늘진 곳에 가서 쉬었다. 고개를 숙이고 거친 숨을 내쉬는 그들의 모습에서 얼마나 혹독하게 자신들을 몰아세우는지 알 수 있었다.

"천보."

"맹주님."

그들의 훈련이 끝나자 기다리고 있던 종리혁이 천보를 불렀다. 천보는 그제야 종리혁에게 아는 척을 하며 다가왔다.

"고생이 많군."

"아닙니다."

천보의 대답에 종리혁은 물끄러미 그를 바라보았다.

천보에게도 많은 변화가 있었다. 예전에는 소림의 제자답게 인자하고 부드러운 표정이 가득했다면 지금은 굳세고 강건한 분위기로 바뀌어 있었다.

말 그대로 '무인'이 되어가고 있는 그였다.

"전할 소식이 있어서 왔네."

"말씀하십시오."

"서윤이 살아 있네."

종리혁의 말에 천보가 고개를 들고 그를 바라보았다.

그를 바라보는 천보의 눈동자는 심하게 흔들리고 있었다.

"나도 오늘에야 알았네. 정도 무림에 배신자가 있다는 사실을 알아낸 것도, 세가를 움직인 것도. 모두 서윤이었다는군."

"살아… 있었군요. 어디 있다고 합니까?"

"대륙상단에 있다고 하네. 깨어나신 검왕 선배님, 그리고 그 손녀딸과 함께 폐관 수련에 든 모양이야."

"강해져서 돌아오겠군요."

그렇게 말하며 천보는 서윤을 떠올렸다.

서윤은 강했다. 단순히 무공만 강한 것이 아니라 책임감과 의지도 강했다.

그렇게 강했던 자가 죽음의 문턱까지 갔다가 살아 돌아왔다. 게다가 폐관 수련까지 한다고 한다.

얼마나 더 강해질 것인가.

"그렇겠지. 더 강해져서 돌아올 것이네."

"짐이 되지 말아야겠군요."

천보가 의욕에 불타는 목소리로 말했다. 지금까지는 과거와 같은 일을 당하지 않기 위해, 그리고 서윤의 복수를 위해 강해지려 했다.

하지만 서윤이 살아 있는 지금, 다른 목표가 생겼다.

그가 돌아왔을 때 또다시 예전처럼 짐이 되지 말아야겠다는 목표였다.

"자네들은 충분히 강해졌네. 짐이 되지 않을 게야."

종리혁의 말에 천보가 고개를 저었다.

"모를 일입니다. 이쯤이면 되었다고 생각한 순간 서윤 시주는 언제나 저 멀리 나가고 있었습니다."

강해졌다는 종리혁의 평가에도 천보는 방심하지 않았다.

"좋아. 하지만 이렇게 본인들끼리 수련을 거듭한다고 해서
짐이 될지 도움이 될지 가늠하기는 어렵겠지."

종리혁의 말에 천보가 물끄러미 그를 바라보았다.

"임무를 주겠다. 자세한 내용은 제갈 군사에게 가서 듣도
록. 임무를 통해 자신들 스스로를 증명해 봐."

"명을 받들겠습니다."

천보가 고개를 숙였다. 그러고는 알아서 휴식을 마치고 수
련을 시작한 조원들에게로 발걸음을 옮겼다.

그런 천보의 뒷모습을 보며 종리혁이 입을 열었다.

"일 한 번 내봐."

＊　　　＊　　　＊

조원들을 숙소에 대기시킨 천보는 씻고 정갈하게 옷을 입
은 뒤 제갈공의 집무실을 찾았다.

천보가 집무실로 들어오자 제갈공은 기다리고 있었다는
듯 그를 맞이했다.

"왔군. 앉게."

하던 일을 멈추고 천보에게 자리를 권한 제갈공이 그의 맞

은편에 앉았다.

"수련이 잘 된 모양이군. 기도가 달라졌어."

"아닙니다."

천보가 겸손하게 말했다. 그에 제갈공이 흡족한 미소를 짓고는 본론으로 들어갔다.

"남궁세가에서 녹림 토벌 중이라는 얘기는 들었을 것이네."

"그렇습니다."

"기세가 오를 대로 오른 상황이지만 쉼 없이 몰아치다 보니 그만큼 피로도 쌓인 상태일세."

천보는 제갈공의 말을 가만히 듣고만 있었다.

"아직 괜찮을 것 같다고 생각했는데 문제가 하나 생겼네. 지도를 보게."

제갈공이 미리 펼쳐놓은 지도를 가리키며 말을 이었다.

"지금 남궁세가는 안휘성에서 시작해 절강, 복건까지 토벌을 끝냈네. 거의 쑥대밭을 만들었지. 지금은 강서성 쪽으로 움직이고 있다네. 피해가 크지는 않지만 아까 말한 대로 힘든 상황이지."

"그럼 저희는 남궁세가와 함께 녹림 토벌에 가담하면 되는 겁니까?"

천보의 물음에 제갈공이 고개를 저었다.

"이미 한 개 부대가 남궁세가에 합류한 상태일세. 하지만 그것보다 더 큰 문제가 생겼지. 정확한 정체를 파악하지는 못했지만 강서성 쪽에서 위협적인 움직임이 감지되었네."

"적들이겠군요."

"그렇다네. 다음에 들어올 정보를 받아 봐야 알겠지만 지금 강서성으로 움직이고 있는 전력으로는 좋게 봐야 양패구상으로 보고 있네."

제갈공의 말에 천보가 무언가를 생각하더니 입을 열었다.

"지금 저희 조원은 이십 명이 채 되지 않습니다. 그 인원이 합류한다고 해서 크게 달라질 것은 없어 보입니다."

"물론이네. 하지만 방법을 달리 생각해 보면 소수이기 때문에 자네들이 할 수 있는 일이 있다네."

"흔들면 되는 겁니까?"

"그렇지. 자네들이 강서성으로 가는 동안에 계속해서 그들의 동선을 파악해 전달해 줄 것이네. 적어도 그들의 신경을 건드리고 남궁세가 쪽으로 집중하지 못하도록 견제만 해줘도 양패구상하지 않을 확률은 일 할에서 오 할까지 올라가네."

제갈공의 말에 천보가 인상을 찌푸렸다. 그에 제갈공이 물었다.

"위험한 일이고 힘에 부칠 수도 있는 일이네. 하지만 현재 무림맹 전력 중에서 그쪽으로 지원을 나갈 수 있는 여력이 없는 것도 사실이야."

"괜찮습니다."

그렇게 말한 천보가 자리에서 일어났다. 그러고는 제갈공을 바라보며 말했다.

"오 할의 확률, 저희가 십 할로 만들겠습니다."

천보의 말에 제갈공이 놀란 표정을 지었다.

오 할의 확률도 높이 쳐서 나온 확률이었다. 실제로는 삼할 정도로 보고 있었다.

확률이 조금 올라가긴 했지만 삼 할이라면 그냥 양패구상이라 보는 것이 맞았다.

천보와 조원들이 어떤 마음으로 무림맹에 남았고 어떻게 수련해 왔는지를 잘 알기 때문에 이런 임무를 내리는 것이 썩 내키지 않았다.

하지만 그래도 어쩔 수가 없는 상황이기에 어렵게 이야기를 꺼낸 것이다.

그런데 천보는 오 할도 적다며 십 할로 만들어 보이겠다고 한다.

판세를 읽지 못하는 것인지 아니면 그만큼 자신감이 있다는 뜻인지 분간이 가질 않았다.

"그럼. 오늘 바로 출발해도 되겠습니까?"

"무, 물론일세. 곧 지금까지 정리한 정보를 전달하라 이르겠네."

"알겠습니다."

천보가 나간 뒤 제갈공은 기대감 반, 불안감 반인 눈빛으로 닫힌 문을 바라보았다.

처소로 돌아온 천보는 조원들 앞에 섰다.

그에 조원들 모두가 천보의 입만 쳐다보고 있었다. 마치 '어서 출전이라고 말하십시오'라고 강요하는 것 같은 눈빛이었다.

"두 가지 소식을 전하겠습니다."

천보의 입이 열리자 조원들의 기대감이 더욱 커졌다.

"하나는… 서윤 시주가 살아 있다는 소식입니다."

충격적인 말.

죽은 줄 알았던 서윤이 살아 있단다. 기쁨과 안도, 그리고 미안함 등 그동안 가슴 깊숙한 곳에 묻어두고 있던 감정이 한꺼번에 폭발했다.

"지금 어디 있다고 합니까? 몸은 괜찮다고 합니까?"

서윤과 가장 살갑게 지냈던 단목성이 빠르게 물었다. 모두가 궁금해하며 자신만을 바라보자 천보는 고개를 끄덕였다.

"그런 것 같습니다. 깨어나신 검왕 선배님과 함께 폐관에 들어갔다고 합니다."

"아아……."

모두의 표정이 복잡하게 변했다. 그중에서도 가장 큰 감정은 '다행이다'였다.

"두 번째는 우리에게 임무가 내려졌습니다. 녹림 토벌 중인 남궁세가 쪽으로 향하고 있는 적들의 움직임이 포착되었다고 합니다. 우리는 그 적들의 동선을 파악해 흔드는 역할을 합니다."

"흔드는 역할이요? 그냥 우리가 끝장내 버리면 안 됩니까?"

호기롭게 말한 이는 위지강이었다. 하지만 천보는 다시 한 번 고개를 저었다.

"신중해야 합니다. 하지만 그렇다고 자신감이 없어서도 안 되겠지요. 우리는 지금 현재 우리의 실력이 어느 정도인지 확실히 모릅니다. 전 솔직히 서윤 시주가 다시 돌아올 때까지 우리 중 누구 한 명도 다치거나 죽지 않았으면 합니다. 하지만 그전에 우리가 짐이 될지 도움이 될지 확실하게 측정해 봐야 한다는 생각도 합니다. 이번에는 임무에 맞게 적들을 흔드는 데 충실합니다."

천보의 말에 조원들이 모두가 고개를 끄덕였다.

"제갈 군사께서는 양패구상하지 않을 확률을 높게 봐서 오할 정도로 생각하더군요. 하지만 전 십 할을 얘기하고 왔습니다. 그 정도 자신감은 있습니다. 그리고 우리의 실력이 그 정도는 충분히 된다고 생각합니다. 공헌한 대로 깔끔하게 처리하고 돌아옵시다."

천보의 말에 조원들의 표정이 밝아졌다.

지금까지 얼마나 혹독한 수련을 해왔던가. 그리고 얼마나
철저하게 무시를 당했던가.

서윤이 살아 있으니 이제는 마음의 짐을 조금이나마 덜고
홀가분하게 모든 것을 쏟아 부을 수 있을 것 같았다.

"한 시진 뒤 출발하겠습니다. 모두 그전까지 준비를 완료해
주십시오."

"예!"

조원들이 힘차게 대답했다.

의협대의 또 다른 시작, 그 출발점은 무림맹 외곽에 있는
아무도 신경 쓰지 않는 허름한 숙소였다.

*   *   *

녹림 토벌로 점차 기세를 올려가는 남궁세가의 진격은 계
속되었다.

복건성을 정리한 그들은 이틀의 휴식을 취하고는 다시 출
발해 현재 강서성 초입에 다다라 있었다.

세가 무인들을 직접 이끌고 있는 이는 남궁세가의 가주인
남궁진혁(南宮眞赫)이었다.

남궁진혁은 의협대에 있던 남궁위의 아버지로 남궁위는 그

의 차남이었다. 황보진원과 마찬가지로 아들을 잃은 슬픔에 하루하루를 보내다가 황보진원의 말에 위안을 받고 배신자를 색출해 낸 뒤 이렇게 녹림 토벌에 앞장서고 있었다.

아들의 복수를 위해 다시 일어선다는 심정이었지만 지금은 그보다 더 큰 웅심을 가지고 움직이고 있었다.

세상 전부를 잃은 것처럼 지내던 사람이 맞나 싶을 정도의 모습이었다.

선두에서 말을 몰고 있는 남궁진혁은 곁에 있는 동생, 남궁진호(南宮眞虎)에게 물었다.

"강서성은 어디 어디지?"

"가장 가까운 곳은 용호산(龍虎山)입니다. 림고산(林姑山)과 옥화산(玉化山), 백운산(白云山)까지, 무림맹이 지척이라 별로 없을 줄 알았더니 제법 숫자가 되는군요."

남궁진호가 인상을 찌푸리며 말했다.

"원래 등잔 밑이 어두운 법이지. 우리도 그것 때문에 큰일 치루지 않았더냐?"

"그랬지요."

남궁진호가 가만히 고개를 끄덕였다.

"그런데 지금은 녹림을 신경 쓸 때가 아니지 않습니까? 이제 슬슬 결정을……"

"알고 있다. 하지만 아직 적이 어디에 있는지 규모가 어느 정도 되는지 확실한 건 없지 않느냐?"

"그건 그렇습니다만."

남궁진혁은 강서성에 들어오기 전 이미 무림맹으로부터 정체불명의 적들이 강서성에서 움직임을 보이고 있다는 전갈을 받은 상태였다.

"지금 당장의 적은 녹림이다. 지금도 그렇지만 앞으로도 위협이 될 세력이니 정리해 두는 게 낫겠지. 어차피 그들은 우리를 찾아오게 되어 있다. 그렇다면 나타나기 전까지는 우리의 원래 목표대로 움직인다."

"알겠습니다."

나타나지도 않은 적 때문에 전전긍긍하는 것은 남궁진혁의 성격과는 거리가 멀었다.

당장 눈앞에 있는 적을 처리하는 것이 우선이었다.

그 후에 또 다른 적이 나타난다면 그때의 상황은 그때 가서 판단할 일이었다.

"가장 가까운 곳이 용호산이라고?"

"예. 용호채가 자리 잡은 곳입니다."

"산을 오르기 전에 쉬었다가 간다. 지금까지는 수월했지만 혹시 모르니 다들 방심하지 않도록 단속 잘 하고."

"걱정 마십시오."

남궁진호가 자신감에 찬 목소리로 대답했다.

*　　　*　　　*

무림맹을 떠난 삼 조는 빠른 속도로 호남성에서 강서성으로 넘어갔다. 강서성에 도착하자마자 무림맹으로부터 첫 번째 전갈을 받았다.

전서응을 통해 날아온 전갈에는 제갈공에게 들었던 것보다 적들에 대한 좀 더 상세한 정보가 담겨 있었다.

"규모는 약 백여 명. 생각보다 적습니다."

"그만큼 한 명 한 명이 강하다는 것 아니겠습니까."

조원의 말에 천보가 고개를 끄덕였다. 강서성에 들어선 남궁세가의 전력은 무림맹 한 개 부대까지 포함해 족히 백 오십은 될 것이다.

머릿수로는 결코 질 수 없는 상황.

하지만 그럼에도 제갈공이 양패구상할 확률이 높다고 한 것은 그만큼 적의 힘이 강력하다는 뜻이기도 했다.

"현재 우리가 있는 곳이 강서성 서북쪽이고… 적들은 동남쪽에 있습니다. 직선거리로 정반대쪽이군요."

"이동 경로로 보아 남창에서 멀지 않은 장수(樟樹)현 부근에서 마주칠 가능성이 높습니다."

그에 천보가 고개를 끄덕였다.

"하지만 이들의 움직임은 남궁세가의 진로에 따라 바뀔 가능성이 높습니다. 우선은 예상대로 움직이되 상황에 따라 판단을 내리기로 하겠습니다."

천보의 말에 조원들이 고개를 끄덕였다.

"최대한 은밀히 움직입니다. 우선은 장수현 쪽으로 빠르게 이동하죠."

그렇게 말한 천보가 먼저 신형을 옮겼고 그 뒤를 조원들이 빠르게 따랐다.

장수현과 멀지 않은 곳.

어둠이 내려앉은 시간에 천보와 조원들은 작은 마을을 지나 높지 않은 구릉 쪽에 매복을 하고 있었다.

조금 전 무림맹에서 온 전갈대로라면 적들은 곧 이 부근을 지나가게 되어 있었다.

구릉에 몸을 숨긴 조원들에게 천보가 낮은 목소리로 말했다.

"적이 지나가는 것을 보면 제가 신호할 때까지 기다립니다. 우리는 끄트머리를 칩니다. 한 사람당 딱 한 명. 처리하면 바로 몸을 빼 흩어지십시오. 다시 모이는 지점은 약 칠 리 떨어진 옥화산 쪽입니다."

"알겠습니다."

지령을 전달한 천보는 구릉과 인접한 좁은 관도를 응시하고 있었다.

그렇게 얼마의 시간이 지났을까.

띄엄띄엄 흐르던 구름이 달을 가리기 시작하는 그 순간, 한 무리의 기척이 느껴졌다.

달빛이 구름에 가려지고 어둠이 더욱 짙어지자 조원들은 안력을 돋우어 적들을 바라보았다.

백여 명이나 되는 인원이 은밀하게 몸을 숨긴 채 움직이는 것이 아닌 모든 것을 드러내 놓은 채 움직이고 있었다.

자신감인지 무모함인지는 알 수 없었지만 그래도 백여 명이 뿜어내는 기도는 쉽게 볼 수 없는 것이었다.

예전의 그들이라면 달려들 엄두도 내지 못했을 것이다.

하지만 천보를 비롯한 조원들에게서는 망설임이라는 단어를 찾아볼 수가 없었다.

조원들은 천보가 신호를 내려주기만을 기다리고 있었다.

천보는 적들을 유심히 살폈다.

주변을 과하게 경계하는 것도 아니었지만 그렇다고 방심하고 있지도 않았다.

섣불리 공격을 감행했다가는 당할 위험이 높았다.

'드러내 놓고 다닐 만하구나.'

천보가 속으로 중얼거렸다. 역시 선두나 중간을 치는 것 보다는 끄트머리를 치는 것이 여러 가지를 고려했을 때 가장 안전한 방법이라는 생각이 들었다.

그러는 사이 적들이 천보의 앞을 거의 다 지나갔다.

기회를 포착한 천보가 주먹을 들었다가 앞쪽으로 휘두르듯 내렸다.

사사사삭!

조원들이 날랜 움직임으로 구릉을 내려왔다. 그러고는 곧장 적들과 뒤섞였다.

퍼퍼퍼펙!

수차례 격타음이 이어졌다.

갑작스러운 기습에 적들은 제대로 대비하지 못하고 의협대의 공격에 속수무책으로 당할 수밖에 없었다.

하지만 적들도 만만치는 않았다.

이전보다 더욱 은밀하고 날렵해진 움직임과 위력이 실린 공격이었음에도 일격에 나가떨어지는 적은 없었다.

하지만 조원들은 당황하지 않았다.

오히려 한 번에 나가떨어지면 재미없다는 듯 더욱 눈을 빛내며 적을 향해 달려들었다.

"기습이다!"

한 호흡의 짧은 공격이 끝나자 정신을 차린 적들 중 누군가가 소리쳤다.

그 직후 적들도 조원들을 향해 반격하기 시작했다.

조원들은 침착하게 움직였다.

그간 수련해 온 것들을 처음으로 실전에서 펼쳐보는 자리.

지금까지 자신들이 해온 것들에 대한 믿음과 자신감이 충만했다.

콰콰쾅!

폭음이 터졌다.

유기적인 움직임을 통해 적들의 반격 범위를 피하며 적들을 쓰러뜨렸다.

한 명이 쓰러지기 시작하니 두 명 세 명은 어렵지 않았다.

적이 쓰러질 때마다 조원들은 미리 약속한 대로 자리를 피했다.

그 와중에도 천보를 비롯한 상대적으로 무위가 높은 몇몇은 자리를 지키며 밀려드는 적들을 막아내고 있었다.

천보는 독보적이었다.

적들은 자리를 뜨는 조원들을 쫓을 겨를이 없었다.

쉴 새 없이 몰아치는 천보의 공격은 잠깐의 방심으로도 목숨을 잃을 수 있을 정도로 위력적이었다.

조원들이 빠져나가는 동안 천보가 쓰러뜨린 적만 해도 다섯이었다.

애초 한 사람당 한 명을 목표로 했던 것에 비하면 훨씬 큰 성과라 할 수 있었다.

"하압!"

천보가 기합을 내질렀다.

동시에 그가 내지른 일권에서 위력적인 기운이 터져 나갔다.

그 위력에 휩쓸린 적들이 밀려나기도 하고 넘어지기도 하며 공간이 생겼다.

그 틈을 놓치지 않고 천보 역시 몸을 빼내었다.

천보를 마지막으로 조원들 모두가 그 자리에서 벗어났다.

그간 갈고 닦은 실력으로 처음 치르는 실전. 이 정도면 대성공이라 할 수 있었다.

선두에서 뒤늦게 상황을 파악하고 달려온 수장은 눈앞에 펼쳐진 광경에 몸을 부들부들 떨었다.

"으아아아아!"

화를 참지 못하고 내지른 괴성은 이미 멀어진 조원들의 귀에는 닿지 못했다.

옥화산 근처에서 집결한 조원들은 빠진 이가 없는 것을 확인하고는 안도의 한숨을 내쉬었다.

그리고 그것도 잠시.

첫 실전을 무사히 치러냈다는 기쁨과 자신들이 지금까지

수련해 왔던 시간이 헛되지 않았다는 사실에 환호를 질렀다.

천보도 미소를 지은 채 조원들을 흐뭇하게 바라보았다.

그간의 힘든 시간을 누구보다 잘 아는 그였기에 짧은 순간이나마 기쁨을 만끽하는 조원들을 말리고 싶은 생각은 없었다.

조금의 시간이 지나자 조원들의 흥분도 점차 가라앉았다.

어느 정도 진정되자 천보가 입을 열었다.

"이제 시작입니다. 조금 전에는 저들이 전혀 예상하지 못했기 때문에 이 정도의 성과를 올릴 수 있었지만 다음번에는 다를 겁니다. 그러니 더더욱 조심해야 합니다. 저들은 강합니다."

"예!"

천보의 말에 조원들이 크게 대답했다.

기쁘기는 했지만 그렇다고 자만하지 않았다. 매번 지금처럼 좋을 수만은 없다는 것을 누구보다 잘 아는 조원들이었다.

아직 이십대 초중반의 젊은 나이였지만 그들보다 나이가 많은 사람들에 뒤지지 않을 만큼 성숙하고 철이 들어 있었다.

"일단은 가까운 곳에 가서 좀 쉬는 게 좋겠습니다. 남궁세가는 녹림을 토벌하는 중입니다. 결국엔 이곳 옥화산까지도 오겠지요. 그전까지 적들의 발걸음을 늦추고 전력을 최소화하는 것이 우리의 임무입니다."

천보가 다시 한 번 당부의 말을 전했다. 그럴 리 없다는 건 알지만 혹시라도 들떠 임무를 망각하는 일이 없도록 다시 한 번 단속하는 것이었다.

"예!"

들뜨지 않은 진지한 표정으로 대답하는 조원들을 보며 천보는 흐뭇한 미소를 지었다.

*   *   *

기습에 있어서 천보는 탁월한 능력을 발휘했다.

상대가 예상하지 못하는 때를 포착하는 것은 기본이요, 쳐야 할 때와 빠져야 할 때를 정확하게 판단했다.

조원들은 그런 천보를 믿고 치고 빠지며 적들을 처리해 나갈 뿐이었다.

하지만 그런 능력이 있다 한들 기습이 쉬운 것은 아니었다.

적들은 강했다.

첫날에는 천보의 말대로 전혀 예상하지 못했기 때문에 속수무책으로 당했지만 두 번째부터는 호락호락하지 않았다.

예상하지 못한 때를 노렸다고는 하나 기본적으로 경계심이 높아진 상태에서의 기습은 어려움이 많았다.

첫날은 스무 명 이상을 쓰러뜨렸으나 둘째 날에는 쓰러뜨린 인원이 열 명도 되지 않은 것이 그 증거였다.

스무 명이 채 안 되는 인원이 백 명이 되는 적들의 틈바구니를 들쑤신 것치고는 괄목할 만한 성과였지만 본인들의 기대에는 못 미치는 것이 사실이었다.

천보는 혹시나 조원들이 실망하지는 않을까 하여 계속해서 그들의 사기를 북돋우고 자신들의 성과에 대해 끊임없이 상기시켰다.

남궁세가를 상대하기 위해 강서성에 들어온 자들은 마교의 전투부대 중 하나였다.

수라마대에 비할 정도는 아니었지만 그래도 꽤 강한 전력을 가진 자들로 혈랑대(血狼隊)라는 이름이 붙어 있었다.

과거에는 철혈전마대(鐵血戰魔隊)라 불리며 마도에서도 손꼽히는 전투 부대로 이름을 떨쳤지만 그 힘이 많이 약해지고 다른 부대의 성장으로 그 위세를 잃은 부대였다.

이번 강서행은 그들로서도 자신들의 이름을 되찾고 아직 건재하다는 것을 보여줄 수 있는 좋은 기회였다.

하지만 시작도 하기 전에 벌써부터 삐걱거리고 있었다.

잠시 쉬어 가는 시간.

사람들의 눈에 띄지 않는 곳에 자리 잡은 그들은 사방을 철저히 경계하고 있었다.

그중에서도 혈랑대의 대주인 사귀(私鬼)는 잔뜩 성이 난 표정으로 대원들을 둘러보고 있었다.

"남은 인원이 몇이나 되나!"

사귀의 성난 목소리에 부대주가 서둘러 다가왔다.

"일흔 명이 조금 안 됩니다."

"정확하게 몇 명이냔 말이다!"

"예순여덟 명입니다."

부대주의 목소리가 떨리고 있었다. 보고를 받은 사귀의 얼굴이 잔뜩 찌푸려져 있었기 때문이었다.

"고작 네 번의 기습에 서른 명 넘게 잃었단 말이지."

"면목 없습니다."

"우리는 철혈전마대다! 그런데 듣도 보도 못한 놈들의 기습에 서른이나 잃어?"

사귀가 분노를 터뜨리며 소리쳤다. 그렇게 되자 쉬기 위해 자리를 잡고 앉아 있던 혈랑대원들도 마음 편히 쉴 수가 없었다.

"대형을 짜서 움직인다. 그놈들이 어떤 식으로 달려들어도 쉽게 포위할 수 있도록. 남궁세가를 만나기 전에 그놈들부터 싹 쓸어 버려야겠다."

"알겠습니다. 본단에 보고는……."

"미쳤나! 지금 이 상황을 그대로 보고했다가는 우린 결국 끝없는 밑바닥으로 떨어질 뿐이다."

"알겠습니다."

부대주가 기어들어 가는 목소리로 대답하고는 물러났다.

"다 죽여 버리겠어."

사귀가 낮은 목소리로 으르렁거리듯 말했다.

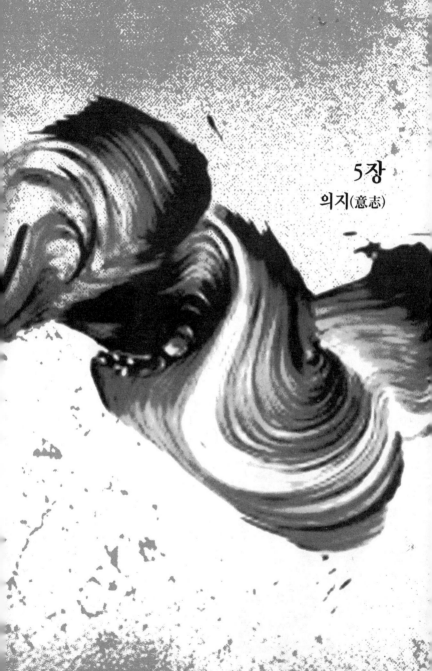

5장
의지(意志)

風神 徐闇

풍신서윤

설백이 서윤을 가르치는 방법과 설시연을 가르치는 방법은
달랐다.

아직 여의제룡검 등 검왕의 무공에 대한 이론적인 부분이
제대로 정립되지 못한 설시연에게는 차근차근 설명을 해주었
다.

반면 어느 정도 경지에 오른 서윤과는 무학에 대한 토론을
통해 서윤 스스로가 깨닫도록 하고 있었다.

특히 설백은 서윤과 대화를 하면 할수록 놀라고 있었다.

설시연보다 어린, 아직은 젊은 나이임에도 생각보다 무학에 대한 깊이가 깊었기 때문이었다.

그럴 수밖에 없었다.

서윤은 어린 나이부터 굴곡진 인생을 살아왔고 남들은 한 번 겪기도 어려운 일들을 수차례 겪어 왔다.

죽을 고비도 넘겼으며 소중한 사람들을 지키기 위해 강해져야 한다는 사명감도 있었다.

그것을 바탕으로 끊임없이 무공에 대해 생각하고 고민했으며 실제로 그렇게 강해져 왔다.

흔히 무림에서 전설처럼 들려오는 천운 같은 것은 없었다.

오로지 본인의 노력을 바탕으로 지금의 경지까지 오른 것이었다.

물론 죽을 고비를 넘긴 것이라든지 마의를 만나 상단전을 연 것을 천운이라 부른다면 부를 수 있겠지만 영약이나 영물을 우연히 얻어 내공이 갑자기 늘어나는 등의 운 따위는 전무했다.

서윤은 설백과의 대화가 즐거웠다.

지금까지 수없이 고민하고 생각했지만 정리가 되지 않았던 것들이 설백과의 대화를 통해 조금씩 정리가 되고 있었다.

비록 무인으로서의 삶은 잃었지만 수십 년 동안 무공을 익히고 고민하면서 얻은 깨달음은 고스란히 설백의 머릿속에 남아 있었다.

비록 그가 익힌 무공과 서윤이 익힌 무공이 서로 다르다 하나 무학의 뿌리와 끝은 결국 같을 수밖에 없었다.

설백과 서윤은 서로 다른 무학을 바탕으로 새로운 깨달음을 만들어가고 있었다.

설백은 서윤과의 대화 못지않게 설시연의 성장에도 신경을 쓰고 있었다.

기력이 예전만 못하지만 설시연의 무공을 바라보는 설백의 눈매는 날카로웠다.

모질게 보일 정도로 설시연을 몰아붙이는 설백이었지만 설시연은 조금도 힘들어하지 않았다.

그녀에게는 지금 이 순간이 너무나 행복했다.

그토록 바라던 할아버지의 가르침을 원 없이 받고 있었으며 사랑하는 사람이 옆에 있었다.

같은 목적을 가지고 같은 곳을 바라보는 지금 이 순간이 설시연에게는 더없이 소중하고 행복한 시간이었다.

서윤 역시 설시연에게 물심양면으로 도움을 주고 있었다.

두 사람 모두 설백과의 시간이 지나면 잠깐의 쉬는 시간만 가질 뿐이었다.

그 이후에는 머리를 맞대고 앉아 각자의 무공에 대한 서로의 생각을 털어놓았다.

서윤은 설백과의 대화를 통해 얻은 깨달음을, 설시연은 새롭게 눈을 떠가는 검왕의 무학을 바탕으로 서로의 무공을 발전시켜 나갔다.

빠른 듯 느리게, 느린 듯 빠르게, 그렇게 시간은 흐르고 있었다.

*   *   *

남궁진혁은 인상을 찌푸렸다.

언제나 그렇듯 시체가 즐비한 곳에 서 있는 것은 불쾌하기 짝이 없었다.

그런 남궁진혁에게 남궁진호가 다가갔다. 그러고는 주변을 한 번 훑더니 입을 열었다.

"이상합니다. 이놈들, 녹림이 맞긴 한 건지 모르겠습니다."

"녹림은 맞는 것 같다. 내력을 운용하고 초식을 쓸 수 있는 놈들이 제법 됐으니까. 거기에 머릿수 채우려고 인근 산적들까지 끌어모은 것 같고."

그렇게 말하며 남궁진혁이 더욱 인상을 찌푸렸다.

"그렇게까지 하다니."

"살려면 별수 없었겠지. 정리는 얼마나 걸리겠느냐?"

"금방 끝날 겁니다. 설마 다른 곳도 이런 식이라면 굳이 저희가 처리해야 할 이유가 있습니까?"

남궁진호의 물음에 남궁진혁이 고개를 끄덕였다.

"어쨌든 이놈들은 마교에 가담한 놈들이니까. 녹림에 당한 문파가 한두 곳이 아니다. 단물이 다 빠져 버려진 패라 해도 그간 저지른 죄가 없어지는 건 아니지."

남궁진혁의 말에 남궁진호는 아무런 말도 하지 않았다. 맞는 말이긴 하지만 저항도 강하게 하지 못하는 이들을 죽이는 것이 썩 내키지는 않았다.

그러는 사이 주변 정리가 어느 정도 완료되었다.

"다음은 어디지?"

"옥화산입니다."

"옥화산. 그런 곳까지 산적들이 들어앉아 있다니. 망조로군. 강서성에 들어와 있다던 그놈들은? 아직 소식이 없나?"

"옥화산과 멀지 않은 곳에서 마주치게 될 것 같다는 전갈이 있긴 했습니다만 옥화산을 친 후인지 아니면 치기 전인지는 명확하지 않다고 합니다. 일단 무림맹에서 지원을 보낸다고 합니다."

"무림맹에서? 여력이 많지 않을 텐데."

불분명한 보고에 남궁진혁이 다시 한 번 인상을 찌푸렸다. 치기 전에 마주치든 친 후에 마주치든 상황이 좋지 않은 것은 마찬가지였다.

옥화산에 틀어박힌 녹림을 토벌한 후라면 그만큼 지친 상태에서 적을 맞게 될 것이다. 치기 전이라면 녹림과 힘을 합칠 가능성이 있었다.

"골치 아프군. 뭐, 그래도 어쩔 수 없지. 계획대로 가는 수밖에. 일부는 따로 빼서 척후로 보낸다. 거리가 너무 벌어지지 않도록 유의하고. 만약의 사태에 대비해 속도를 조금 늦춘다. 중간중간 쉴 때마다 피로는 확실히 풀어두도록 일러."

"알겠습니다."

"가자."

그렇게 말한 남궁진혁이 먼저 발걸음을 옮겼고 뒤에 남은 남궁진호는 남궁가 무인들을 인솔하여 그 뒤를 따랐다.

*   *   *

천보는 혈랑대를 유심히 살피고 있었다.

경계심이 가득한 모습이 당장 치는 것은 쉽지 않을 듯했다.

'오늘은 이만 물러야 하나?'

그렇게 생각하며 슬쩍 뒤쪽을 쳐다보았다.

천보의 주변에는 그의 수신호만 기다리는 조원들이 모습을 감춘 채 잔뜩 웅크리고 있었다.

나무 사이사이, 그리고 우거진 수풀 안쪽에 몸을 숨겼다고는 하지만 더 지체했다가는 발각될 위험도 있었다.

'음?'

천보의 눈에 혈랑대의 수상한 움직임이 포착되었다. 대원 한 명이 대주로 보이는 자에게 무언가를 보고하고 있었다.

거리가 멀어 그 내용이 무엇인지는 들을 수가 없었다.

짧은 대화를 주고받더니 대주라는 자가 잔뜩 성난 표정으로 대원들 몇 명을 불렀다.

대략 열 명 가까이 되는 대원을 불러 모은 혈랑대주가 이내 그들을 데리고 어디론가 향했다.

대주까지 열 명 정도 빠졌지만 이는 절호의 기회였다.

혈랑대주가 장내를 벗어나자 팽팽하던 혈랑대의 기운이 조금은 느슨해진 것이다.

평소 대원들을 강하게 조이던 대주가 사라지니 숨을 쉴 틈이 생긴 것이다.

'아직 조금 더. 좀 더 멀어질 때까지 기다린다.'

지금 바로 기습을 하면 어디론가 떠나려던 혈랑대주가 다시 나타날지도 몰랐다.

치고 빠져야 할 때에 뒤를 잡힐 수도 있는 상황.

이곳에서 일이 벌어져도 모를 정도로 멀어진 후가 바로 움직일 때였다.

[뒤쪽으로 돌아 후미를 칩니다. 이곳의 분위기가 느슨해졌다면 후미 쪽은 더할 겁니다.]

천보가 부조장 역할을 하고 있는 영호광(令狐廣)에게 전음을 보냈다. 그에 고개를 끄덕인 영호광이 조원들에게 천보의 말을 전했다.

모두가 내용을 전해 들은 것 같자 천보가 먼저 움직였다.

최대한 조심스럽게 몸을 빼내어 먼 쪽으로 천천히 이동했다.

다른 조원들 역시 몇 차례의 기습으로 요령이 생긴 탓에 적들이 쉬이 알아차릴 수 없도록 은밀하게 움직이고 있었다.

남아 있는 혈랑대와 조금 떨어진 곳까지 오자 천보가 발걸음을 빨리했다.

하지만 그것도 잠시.

천보와 조원들은 발걸음을 멈출 수밖에 없었다.

"잡았다, 이놈들."

그 앞에는 지금쯤 본대와 떨어져 멀리 가 있어야 할 혈랑대주가 사악한 미소를 지은 채 천보와 조원들을 기다리고 있었다.

"모두 흩어지십시오!"

천보가 다급하게 소리쳤다. 하지만 그보다 혈랑대주의 움직임이 조금 더 빨랐다.

순식간에 혈랑대주의 섬뜩한 얼굴이 천보의 바로 앞에까지
다가와 있었다.

천보는 황급히 뒤로 물러서며 주먹을 휘둘렀다.

쾅!

짧은 폭음이 터졌지만 혈랑대주는 전혀 영향을 받지 않은
듯 천보를 향해 손을 뻗어왔다.

허리춤에 검을 차고 있음에도 검을 뽑지 않은 채 오로지 손
으로 천보를 제압하려 하고 있었다.

천보의 발에서 소림의 절기인 연대구품(蓮臺九品)이 펼쳐졌
다.

마치 얼음 위를 미끄러지듯 혈랑대주의 손아귀에서 벗어난
천보는 슬쩍 주변을 훑었다.

혈랑대주와 함께 어디론가 떠났던 대원들이 나타나 조원들
을 압박하고 있었다.

하지만 예전과 달리 본인들의 실력에 자신감이 붙은 조원
들은 그들의 압박에 굴하지 않고 잘 싸우고 있었다.

'오래 버틸 수는 없다.'

기습을 당했을 때와 작정하고 공격하는 혈랑대의 실력은
천양지차였다.

잘 버티고는 있었지만 그마저도 오래가지는 못할 것이라는
판단이 천보의 머릿속을 스쳤다.

"몸을 빼내는 것이 우선입니다!"

쾅!

조원들에게 다시 한 번 소리치는 천보에게 혈랑대주의 주먹이 날아들었다.

겨우 막아내기는 했으나 팔을 타고 올라오는 찌릿한 통증에 절로 인상이 찌푸려졌다.

"어딜 내빼려고. 너희는 오늘 다 죽은 목숨이다."

으르렁거리듯 말하며 다가오는 혈랑대주의 모습을 보며 천보는 얼굴을 딱딱하게 굳혔다.

두려워서? 아니었다.

실력이 늘었다고 자부했지만, 서윤에게 짐이 되지 않을 자신이 있었지만, 다시 한 번 이런 상황에 처하자 예전과 똑같이 소극적인 자세를 취하는 자신의 모습에 화가 나서였다.

'피하지 않는다.'

천보는 마음을 고쳐먹었다.

그러고는 차가운 표정으로 혈랑대주를 향해 마주 걸어갔다.

"그래. 그렇게 죽으러 오너라."

그렇게 중얼거리던 혈랑대주가 크게 숨을 들이마시더니 묵직한 주먹을 크게 휘둘렀다.

동작이 큰 만큼 뻗기까지는 조금 시간이 걸렸지만 뻗어 나온 주먹은 상당히 빨랐고 또 위력적이었다.

"하압!"

천보가 기합과 함께 선천나한십팔수를 펼쳤다.

과거 황보수열과 조장 자리를 놓고 겨룰 때와는 확연히 다른 권법이었다.

그때에는 견고한 방패와 같은 느낌이었다면 지금은 묵직한 철퇴와 같은 느낌을 주는 권법으로 변모해 있었다.

천보는 천성 자체가 정적이었고 소림에서는 그에 맞춰 정적인 권법을 그에게 가르쳤다. 그렇다 보니 천보는 공격보다는 수비에 초점을 맞추는 경우가 많았다.

하지만 지금까지 여러 차례 위기를 겪으며 천보는 자신의 권법이 반쪽짜리라는 것을 깨달았다.

수비만 해서는 적을 쓰러뜨릴 수 없다는 것을 깨달은 것이다.

고심 끝에 천보가 갈고닦은 선천나한십팔수가 바로 지금 혈랑대주에게 펼치는 바로 그 모습이었다.

방어적인 자세를 조금 줄이되 공격과 수비의 균형을 맞추는 선천나한십팔수.

만약 소림의 승려들이 이 자리에 함께 있었다면 깜짝 놀랐을 것이다.

콰콰쾅!

진기를 머금은 천보의 주먹이 혈랑대주를 연이어 가격했다.

정타는 하나도 없었지만 적어도 혈랑대주의 발을 묶고 당황스럽게 만들기에는 충분했다.

"이노옴!"

혈랑대주가 노기를 띠며 달려들었다.

빠른 움직임. 하지만 주먹을 사용하는 데에는 익숙지 않은 듯 허점이 많이 보였다.

천보는 그 틈을 놓치지 않았다.

연대구품과 선천나한십팔수의 절묘한 조화.

한층 발전한 천보의 무공을 혈랑대주가 따라잡기란 쉽지 않았다.

연신 허공을 가르는 혈랑대주의 주먹.

천보는 그 사이를 여유롭게 오가며 혈랑대주의 몸에 주먹을 꽂아 넣고 있었다.

"크악!"

괴성에 가까운 비명과 함께 혈랑대주가 뒤로 밀려났다. 천보는 그 틈을 놓치지 않고 빠르게 다가갔다.

사악!

혈랑대주의 가슴팍에 주먹이 닿기 직전.

예리한 기운을 느낀 천보가 황급히 몸을 틀며 주먹을 거둬들였다. 그러면서 가볍게 펄럭인 옷자락 일부가 날카롭게 베였다.

천보의 눈동자가 흔들렸다.

어느새 혈랑대주의 손에 검이 들려 있었던 것이다.

'빠르다.'

검을 뽑는 것도, 휘두르는 것도 보지 못했다. 조금만 늦었어도 잘려 나간 것은 옷이 아니라 자신의 팔일지도 몰랐다.

"검 안 뽑고 잡아다가 살려달라고 빌 때까지 가지고 놀려고 했더니……."

그렇게 말하며 혈랑대주가 고개를 좌우로 한번씩 꺾었다.

천보는 마른침을 삼켰다.

검을 들기 전의 혈랑대주와 검을 든 후의 혈랑대주는 완전히 다른 사람이었다.

풍기는 기도가 차원이 달랐다.

굳이 비유하자면 동산과 태산의 차이 정도?

그제야 천보는 왜 제갈공이 양패구상할 확률을 그렇게나 높게 잡았는지 알 수 있었다.

'그렇다고 피할 수는 없지.'

천보가 심호흡을 했다.

진기를 끌어 올려 선천나한십팔수의 기수식을 취했다.

자세와 마음을 정갈히 하여 차분한 상태에서 혈랑대주를 응시했다.

그러자 지금까지 숨 쉬기 어려울 정도로 자신을 압박하던 그의 기도를 조금이나마 밀어낼 수 있었다.

'먼저 간다.'

천보는 선수를 취해 우위를 점할 생각이었다.

그래야만 틈을 봐서 조원들과 함께 이 자리를 벗어날 수 있었다.

눈앞의 적을 제압하는 것이 가장 좋은 상황이겠지만 지금은 그럴 수가 없었다.

비록 기습의 큰 효과는 보지 못했지만 일단 이 자리를 벗어나 남궁세가와 합류하는 것이 최선의 선택이었다.

천보가 다시금 연대구품을 펼쳤다.

천년 소림의 정수를 담은 보법이 펼쳐지자 그것만으로도 충분히 혈랑대주에게 압박을 주었다.

그러나 혈랑대주도 만만치 않았다.

비록 과거와 같은 영광은 없다 하나 혈랑대는 철혈전마대의 맥을 이은 부대.

일취월장한 천보의 무위와 무시무시한 혈랑대주의 무위가 정면으로 충돌했다.

콰콰아앙!

주변이 울릴 정도로 큰 폭음과 기파가 발생했다.

뒤로 약 이 장가량 밀린 천보는 다리에 힘을 주어 겨우 중심을 잡고는 찌릿한 통증이 밀려오는 팔과 주먹에 진기를 실었다.

어느새 검을 휘두르는 혈랑대주.

그 속도는 지금껏 천보가 제대로 경험해 보지 못한 수준의 것이었다.

공격을 하려던 천보는 뒤로 더욱 물러설 수밖에 없었다.

아슬아슬하게 그의 가슴팍을 스치고 지나가는 검.

닿지 않았으나 그 예리함에 옷자락이 찢겨 나갔다.

조금만 늦었더라면 찢겨 나간 것은 옷자락이 아니라 살갗이었을 것이다.

등 뒤로 흐르는 식은땀을 느끼며 천보가 다시 전진했다.

하지만 접근을 허락하지 않는 혈랑대주의 검에 천보는 이를 악물었다. 상처 없이 그에게 다가가는 건 불가능에 가까운 것 같았다.

'살을 준다.'

전투 중에 입는 부상은 어쩔 수 없는 노릇.

부상을 감수하기로 한 천보의 움직임이 과감해졌다.

스슥.

내딛는 발걸음에 망설임이 없었다.

다가오는 예리한 검날을 보면서도 두려움은 없었다.

주먹이 머금은 진기는 그 어느 때보다 충만했고, 발끝에서 펼쳐지는 연대구품과 주먹이 펼쳐내는 선천나한십팔수는 절묘하기 그지없었다.

천년 소림의 정수가 담긴 두 무공이 만들어내는 절묘한 조화.

석! 서억!

천보의 팔뚝에 피가 튀었다.

생각보다 큰 피해는 없었다. 천보가 심각한 부상을 입게 만들 정도로 연대구품은 하찮은 보법이 아니었다.

자신감이 붙었다.

펼쳐내는 보법이 과감해졌고 밀려오는 혈랑대주의 기운을 도리어 밀어내기 시작했다.

혈랑대주의 얼굴이 구겨지기 시작했다.

방금 전과는 또 다른 모습에 당황스럽기도 했다.

하지만 무엇보다도 자존심이 상했다.

혈랑대주가 뻗어내는 검에 살기가 더해졌다. 죽이고 말겠다는 의지가 담긴 검은 더욱 매서워졌다.

그러나 천보의 의지는 그것을 뛰어 넘고 있었다.

쒜에엑!

천보의 목을 꿰뚫으려던 검은 목이 아닌 허공을 꿰뚫었다.

허공의 어느 지점을 찌른 검과 달리 천보의 주먹은 혈랑대주의 지근거리에서 뻗어나가고 있었다.

콰쾅!

서둘러 진기를 끌어 올려 몸을 보호했지만 이는 피해를 약간 줄여주었을 뿐이었다.

급격하게 꺾이는 혈랑대주의 몸.

천보는 머리 위로 떨어지는 무언가를 느꼈다.

혈랑대주의 입에서 흘러내리는 핏물.

이는 그의 공격이 제대로 적중했음을 의미했다.

천보가 다시 주먹에 진기를 실었다. 지금이라면 충분히 제압할 수 있을 것 같았다.

하지만 그 순간.

혈랑대주의 꺾이지 않은 의지는 초월적인 힘을 이끌어내었다.

쥐어짜듯 끌어모은 힘으로 휘두르는 검.

아까에 비해 위력은 현저하게 떨어졌으나 그 공격을 무시하기에는 위험 요소가 너무 많았다.

천보는 아쉬움을 뒤로 하고 몸을 뺐다.

그 직후 땅을 찍는 혈랑대주의 검.

제때 몸을 빼지 않고 욕심을 부렸다면 심장이 꿰뚫렸을지도 모를 궤적이었다.

혈랑대주가 제대로 싸울 수 없는 상황이 되자 천보는 주변을 둘러보았다.

조원들 중 그 누구도 몸을 빼내지 않고 혈랑대원들과 치열한 사투를 벌이고 있었다.

천보가 발걸음을 돌렸다.

눈앞의 혈랑대주를 처리하는 것보다 조원들을 구하는 것이 우선이었다.

'그도 이런 마음이었겠지.'

조원들을 향해 달려가는 그 순간 천보는 서윤을 떠올렸다.

수차례 자신들을 구해냈던 서윤.

그 역시도 지금 자신과 같은 마음이었을 것이다.

내가 힘들어도 내가 위험해도 동료를 구하고자 하는 마음.

없는 힘을 쥐어짜 어떻게 해서든 함께 가려고 하는 그 마음. 지금껏 미안하기만 했던 서윤의 그 행동들이 스쳐 지나갔다.

천보가 조원들 사이로 뛰어들었다.

굳이 포위망 안쪽으로 비집고 들어간 천보는 조원들을 살폈다.

"다들 괜찮습니까?"

"괜찮습니다!"

막내 위지강이 큰 소리로 외쳤다.

하지만 그의 모습은 전혀 괜찮지가 않았다. 목구멍을 타고 넘어온 핏물 때문에 치아 사이사이까지 시뻘겋게 물들어 있었다.

"지금부터 뚫고 나갑니다. 모두 같이."

천보의 말에 조원들이 씩 웃었다.

힘들고 고통스러운 이 순간에 그 말을 들으니 절로 미소가 지어질 정도로 기분이 좋았다.

잠시의 숨 고르기가 끝나고 천보와 조원들이 일제히 움직였다.

기세의 우위는 혈랑대가 아닌 조원들에게 있었다.

혈랑대주는 움직이지 못하는 상황. 이미 그 순간부터 전세는 기운 것이었다.

조원들이 제 실력을 발휘하기 시작했다.

압도적이지는 않았지만 서로가 서로를 믿고 부족한 부분을 채워주며 혈랑대의 압박을 밀어내고 있었다.

밀리기 시작한 혈랑대.

결국 작은 틈은 커다란 구멍이 되었고 조원들에게 생문이 뚫렸다.

"지금입니다!"

천보의 외침에 조원들이 일사불란하게 움직였다.

미리 약속한 대로 저마다 다른 방향으로 빠르게 뛰어갔다.

사방팔방으로 흩어지는 조원들을 보며 혈랑대는 차마 뒤따를 수가 없었다.

누구를 쫓아야 하는지 갈피를 잡기도 어려웠지만 워낙 순식간에 멀어진 까닭이었다.

게다가 자신들의 대장인 혈랑대주의 상태가 심상치 않았다.

결국 혈랑대는 추격을 포기했다.

애초에 원했던 만큼의 성과를 올리지는 못했지만 조원들 모두 스스로의 자격을 증명해 보인 값진 성과였다.

남궁세가의 척후를 이끄는 건 남궁진호였다.

아무래도 세가 무인들끼리만 보내는 것보다는 직접 움직이는 것이 훨씬 마음이 편했기 때문이다.

척후를 이끌고 조심스레 말을 모는 그의 표정에는 큰 변화가 없었다. 하지만 마음은 조금 가벼운 것은 사실이었다.

우선 주변의 공기가 가벼웠다.

전장의 공기, 혹은 적이 가까이에 있을 때의 공기는 확연히 달랐다.

팽팽한 긴장감과 함께 온몸을 찌르는 것 같은 무형의 기운이 팽배해진다.

하지만 지금은 그런 것이 전혀 없었다.

바람을 타고 흘러드는 기운, 그리고 냄새. 모든 것이 평화로운 일상의 그것과 크게 다르지 않았다.

그 때문인지 남궁진호와 함께 척후를 위해 나온 세가 무인들의 표정도 무겁지 않았다.

"음?"

그렇게 얼마를 갔을까.

공기가 조금 무거워진다 싶더니 이내 남궁진호의 눈에 누군가가 보였다.

길가에 털썩 주저앉아 있는 이.

상처를 입은 채 지친 몸을 겨우 가누고 있는 이는 바로 천보였다.

하지만 이를 알아보지 못한 남궁진호는 손을 들어 무인들을 멈춰 세웠다. 그러고는 가만히 천보를 응시했다.

위협이 될 만한 존재인지 아닌지를 살피는 것이었다.

그 순간, 천보의 주변으로 사람들이 한 명, 두 명 나타났다. 혈랑대와의 혈투에서 몸을 빼낸 조원들이었다.

"혹시 그들 아닐까요? 무림맹에서 보낸다던 지원군 말입니다."

무인 한 명이 남궁진호에게 다가와 작은 목소리로 말했다. 그 말을 들으니 그럴 수도 있겠다 싶었지만 눈에 보이는 인원이 너무 적었다.

남궁진호는 잠시 고민했다. 하지만 전체적으로 분위기에 적의가 없었고 다들 지친 기색이 역력했기에 약간의 경계심은 가져야겠지만 위협적이지는 않다는 결론을 내렸다.

"가보지."

그렇게 말한 남궁진호가 선두에 서서 그들에게 다가갔다.

천보와 조원들은 멀리 보이는 남궁세가 사람들의 존재를 이미 알고 있었다.

보이지 않는다면 모르겠지만 보이는데 어찌 모르겠는가.

다만 지금은 그들에게 먼저 다가가 말을 걸고 인사를 나눌 만한 기력이 되질 못했다.

지칠 대로 지친 천보는 속속들이 모여드는 조원들을 한 명씩 훑었다. 다행히 낙오자 없이 모두가 모였다.

부상을 입은 이는 있었으나 목숨을 잃은 이는 없었다.

천보는 미소를 지었다.

이렇게 기쁠 수가 없었다.

처음으로 누군가의 도움 없이 그들만의 힘으로 난관을 이겨낸 것이다.

지금까지 겪어 왔던 것보다 더 어려운 상황일지도 모르는 위협을 이겨냈기에 기쁨과 뿌듯함이 더 컸다.

"다행입니다. 정말 다행입니다."

천보가 미소를 지으며 말했다. 그 말 한 마디를 하고도 힘들었는지 천보가 가만히 눈을 감았다.

그러는 사이 남궁진호가 그들에게 다가왔다.

"그대들은 누구인가?"

그의 물음에 천보가 감았던 눈을 떴다. 그러고는 억지로 몸을 일으키려 했지만 다리가 후들거려 비틀거렸다.

그마나 조금 힘이 남은 몇몇이 천보를 부축했다.

"소림의 천보라고 합니다. 남궁세가 분들이신지요?"

"천보? 천보라… 설마?"

남궁진호는 어렵게 천보라는 법명을 떠올렸다.

유일하게 살아남은 의협대 삼 조.

죽은 황보수열을 대신해 조장이 된 자, 그리고 무림맹 외진 곳에 남아 와신상담하고 있다던 그들.

"의협대로군."

"그렇습니다. 의협대 삼 조 조장 천보입니다."

"무림맹에서 보냈다던 지원군이 그대들인가?"

"그렇습니다."

남궁진호가 믿을 수 없다는 표정을 지었다.

"아니 어떻게 이 인원을 지원군으로… 그보다 일단 함께 가지. 이들을 부축하도록."

남궁진호의 명령에 세가 무인들이 조원들을 부축했다.

말 위에 앉은 남궁진호는 물끄러미 지친 조원들을 바라보았다.

아직은 젊은 청년들.

하지만 풍기는 기도는 하나같이 청년 같지 않은 기도를 풍기고 있었다.

'뼈를 깎는 수련과 의지. 그리고 실전. 한 뼘, 아니, 그 이상의 성장인가.'

그렇게 중얼거린 남궁진호가 천천히 말을 몰았다.

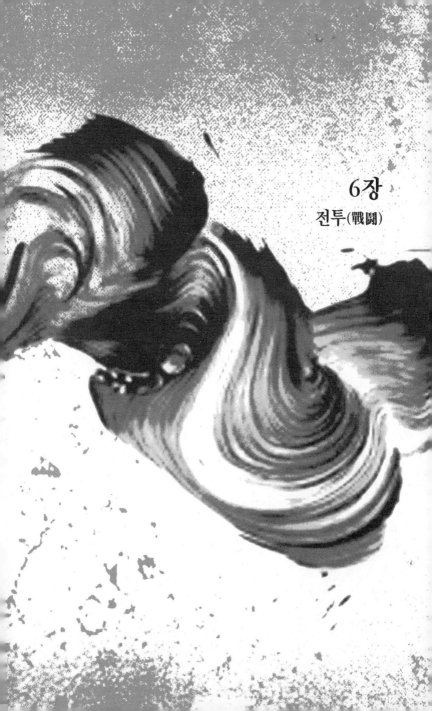

6장
전투(戰鬪)

風神 徐閏

풍신 서윤

앞서 나간 척후로부터 아무런 소식이 들려오지 않자 남궁진혁은 조금 불안한 생각이 들었다. 일부러 진지를 구축하지 않고 따라 붙고 있었기에 더욱 그러했다.

하지만 남궁진혁의 걱정은 곧 사라졌다.

앞서 나갔던 남궁진호가 멀리서 다가오고 있었기 때문이었다.

"인원이 늘었군."

남궁진혁이 중얼거렸다. 느릿하게 다가오는 세가 무인들의 곁에 낯선 이들이 함께 있었던 것이다.

"가서 도와주도록."

남궁진혁의 말에 세가 무인들 일부가 그쪽으로 다가갔다. 그러고는 이곳까지 부상자들을 부축하고 오느라 힘들었을 동료들의 짐을 나눠지며 본대에 합류했다.

"다녀왔습니다."

"이들은 누구인가?"

"그들입니다, 살아남은 의협대."

"의협대?"

남궁진혁의 눈빛이 흔들렸다. 의협대라는 이름은 그에게 있어 가슴 아픈 이름이었기 때문이었다.

"가주님을 뵙습니다. 소림의 천보입니다."

오는 동안 어느 정도 기력을 회복한 천보가 합장과 함께 남궁진혁에게 인사했다.

"그래, 그랬지. 천보. 들어본 법명이네. 무림맹에서 보냈다는 지원이 자네들이었구만."

"그렇습니다."

"무슨 일이 있었는지는 묻지 않아도 알겠군."

남궁진혁이 곳곳에 상처를 입고 힘들어하는 조원들을 보며 말했다.

"자세한 건 우선 좀 쉬고 말씀드려도 되겠습니까? 조원들이 좀 쉬어야 할 듯합니다."

"그래야지. 간단하게 진지를 만들도록. 쉬어간다."

남궁진혁의 말에 세가 무인들 일부가 진지를 구축할 만한 곳을 찾아 사라졌다.

"시간이 좀 걸릴 것이네. 한쪽에 가서 좀 쉬게나."

"감사합니다."

"아닐세."

남궁진혁에게 가볍게 인사한 천보가 천천히 조원들이 있는 곳으로 발걸음을 옮겼다.

한자리에 모인 조원들은 남궁세가 무인들과 만나 긴장이 풀린 탓인지 이내 서로를 의지해 잠에 빠져들었다.

"교전이 있었던 모양이군. 그렇다면 적들이 멀지 않은 곳에 있을 수도 있겠어. 따라붙는 자들은 없었나?"

"없었습니다."

"그래? 그럼 하루 정도는 쉬어도 되겠군. 혹시 모르니 주변 경계는 확실하게 하고. 저들에게는 편히 쉴 수 있는 자리를 만들어줘. 숫자는 적어도 중요한 전력이 될 것 같으니."

"알겠습니다."

남궁진호에게 명령을 내린 남궁진혁이 조원들을 잠시 바라보다가 발걸음을 돌렸다.

잠시 눈을 붙였다가 깬 천보는 자리가 만들어졌다는 이야기에 조원들을 깨워 준비된 곳으로 발걸음을 옮겼다.

조원들보다 앞서 간단한 치료를 받은 천보는 조원들이 치료를 받는 사이 남궁진혁에게 향했다.

전투를 위해 세가를 떠나온 탓에 간단한 짐들만 챙겨왔기에 남궁진혁의 자리도 가죽 몇 개를 깔아 잠잘 수 있는 자리를 만든 것에 불과했다.

자리에 앉아 잠시 쉬고 있던 남궁진혁은 다가오는 천보를 보며 미소를 지었다.

"몸은 좀 괜찮은가?"

"괜찮습니다. 감사합니다."

"아닐세. 누추하지만 앉게."

"예."

남궁진혁의 말에 천보가 그의 맞은편에 깔린 작은 가죽에 엉덩이를 대고 앉았다.

"무림맹 내에서 와신상담했다고 하더니. 확실히 성장한 것 같군. 조원들도 그렇고."

"다들 노력 많이 했습니다."

"그렇군. 그럼 이제는 무슨 일이 있었는지 좀 듣고 싶은데."

남궁진혁의 물음에 천보가 고개를 끄덕였다.

"무림맹에서 명을 받고 왔습니다. 강서성에서 적들의 움직임이 포착되었다, 생각보다 강하다, 그러니 남궁세가 본대와 마주치기 전에 그들을 좀 흔들어 놓으라는 명령이었습니다."

"흔들어 놓아라? 이 인원으로? 사지로 몰아넣는 명령인 것 같은데."

남궁진혁의 목소리가 조금 커졌다. 불만 섞인 어투였다. 그도 그럴 것이 그에게 의협대는 남이 아니었기 때문이었다.

"알고 있었습니다. 자신감도 있었고 저희들 나름대로 스스로를 시험해 보고 싶은 마음도 있었습니다."

"아무리 그래도 그렇지."

남궁진혁의 말에 천보가 미소를 지었다.

"어차피 여러 차례 구함을 받은 목숨입니다. 그 목숨, 도움이 되는 일에 내놓는 것인데 무엇이 두렵겠습니까."

천보의 말에 남궁진혁이 피식 웃었다. 아직 서른도 안 됐는데 마치 소림의 고승과 같은 말을 하고 있다는 생각 때문이었다.

"어쨌든. 그래서 무슨 일이 있었는가?"

"적들의 동선을 파악하고 기습을 했습니다. 백여 명이었는데 일흔 명이 조금 안 되는 수준으로 줄었습니다."

"서른 명이나? 아, 자네들 실력을 폄하하는 건 아니네만, 그 정도 수준이라면 굳이 자네들을 이곳 사지까지 보낼 필요가 있었을까 싶네. 머릿수도 우리가 많고 우리의 전력이라면 그들과 붙어서 깨지지는 않을 것 같은데."

남궁진혁의 말에 천보가 고개를 저었다.

"서른 명도 힘들었습니다. 그중 스무 명 이상을 그들이 예상하지 못한 첫날 처리한 것이니까요. 총 다섯 차례, 아, 오늘은 실패했으니 네 차례 기습을 했습니다. 첫날을 제외하고 세 차례의 기습에서 열 명도 채 쓰러뜨리지 못한 겁니다."

"흠……."

천보의 말에 남궁진혁은 작은 한숨과 함께 생각에 잠겼다. 아무리 그렇다고 하나 큰 위기가 닥칠 것 같다는 생각은 들지 않았다.

물론 눈앞에 있는 천보를 비롯해 의협대 조원들의 실력이 제법 대단해 보인다고는 하나 그들이 기습으로 서른 명을 쓰러뜨렸다면 지금 현재 전력의 반절만으로도 충분히 상대할 수 있을 것 같다는 생각이 들었다.

"그건 그렇다 치고. 오늘은 어떻게 된 건가? 기습에 실패했다니."

"기습을 하려고 기회를 엿보고 있었습니다. 하지만 곧 발각되고 말았지요. 적 대장이 수하 열 명을 데리고 저희들을 잡아냈습니다. 겨우 몸을 빼냈지요."

"고생했군. 그래도 다행이네. 크게 다치거나 함께하지 못한 동료는 없어 보여서."

"다행이지요."

천보가 옅은 미소와 함께 고개를 끄덕였다.

"그래. 알았네. 적들에 대해서는 우리가 좀 더 알아보도록 하지. 가서 쉬게나."

"그럼."

천보가 합장하며 인사하고는 자리에서 물러났다. 자리에 남은 남궁진혁의 표정은 여러 가지로 복잡한 듯 보였다.

*   *   *

혈랑대주가 천보와의 싸움에서 제법 큰 내상을 입은 탓에 혈랑대는 멈춰 있었다.

천보를 비롯한 조원들은 불만족스러울 수는 있겠지만 어쨌든 혈랑대를 기습해 인원을 줄였고 그 속도까지 늦췄으니 대성공이라 할 수 있었다.

제대로 된 치료약이 없는 까닭에 혈랑대주는 계속된 운기를 통해 내상을 치료하고 있었다.

그 주변을 대원들이 돌아가며 호법을 서고 있었다.

하루를 꼬박 운기를 한 혈랑대주의 얼굴은 한층 편안해져 있었다.

내상이 모두 치료된 것은 아니었지만 혈색이 돌아온 것이 많이 회복된 듯했다.

"하루쯤 됐나?"

"그렇습니다."

"그 버러지 같은 것들은 어디 있나."

"아무래도 남궁세가 본진과 합류한 듯합니다."

"빌어먹을 새끼들!"

혈랑대주가 악에 받쳐 소리쳤다. 처음부터 검을 들고 상대
했어야 했다. 자만심과 더불어 잔혹하게 죽이겠다는 마음이
앞서 생포하려고 했던 것이 실수였다.

게다가 자신과 싸웠던 천보는 그 짧은 순간에도 성장하고
있다는 느낌을 받았다.

그런 경우는 흔치 않았다.

그러다 보니 적지 않게 당황한 것도 이유라면 이유였다.

'다 핑계일 뿐이지.'

속으로 그렇게 중얼거린 혈랑대주가 부대주에게 물었다.

"얼마나 걸리지?"

"이틀이 채 걸리지는 않을 겁니다."

"멀지 않군. 애들 준비시켜. 곧 출발할 테니."

혈랑대주의 말에 부대주가 난처한 기색을 표했다.

"이제 곧 날이 어두워질 겁니다. 그렇게 되면……."

"그렇게 되면 뭐!"

혈랑대주가 눈을 부릅뜨며 소리쳤다. 그에 기세가 죽은 부

대주는 아무런 말도 하지 못했다.

"죽을힘을 다해도 모자란 판국이다! 우리에게 기회가 많이 주어질 것 같나? 우리를 여기로 보낸 이유가 뭐라고 생각하나. 기회를 주기 위해서? 절대! 우리는 그냥 소모품이다. 나가 싸워 이기면 좋은 거고, 다 죽어도 그냥 죽지는 않을 테니 그 또한 좋을."

혈랑대주의 말에 부대주는 입을 꾹 다물고 있었다. 그의 말은 하나도 틀린 것이 없었다. 대주의 그런 치열함과 절박함을 따라가지 못해 미안한 마음도 들었다.

"그러니까 애들 준비시켜."

그렇게 말한 혈랑대주가 몸을 돌렸다. 그런 그의 시선에 다가오는 누군가가 보였다.

여유롭게 터벅터벅 걸어오는 자.

하지만 결코 가볍게 볼 수 없는 기도를 풍기는 자.

혈랑대주의 눈빛이 흔들렸다. 그도 익히 아는 자였기 때문이었다.

"목소리 큰 건 알아줘야겠어, 사귀. 그렇게 수하들을 쥐 잡듯이 잡아서야 되겠나? 주눅 들어서 아무것도 못 하고 죽어버리면 어쩌려고."

혈랑대주에게 다가오며 넉살좋게 말하는 이는 다름 아닌 사령단 단주 패엽(貝葉)이었다.

패엽과 사귀는 사이가 좋지 않았다.

두 사람은 마교에서 비슷한 시기에 무공을 배우기 시작했다. 하지만 사귀는 패엽의 성장 속도를 따라갈 수가 없었고, 사귀는 혈랑대로, 패엽은 사령단으로 배속되었다.

그때부터였다.

두 사람의 운명이 갈리기 시작한 것은.

비록 마교가 중원에서 드러나게 움직이지는 않았다고 하나 그 어떤 임무가 주어져도 패엽은 척척 해냈다.

일개 단원으로 시작해 단주의 자리까지 오른 자가 바로 패엽이었다.

반면, 사귀에 대한 마교 내의 평가는 낮았다. 그런 만큼 기대치 역시 낮았다.

사귀에게는 처음부터 위로 올라갈 수 있는 기회조차 제대로 주어지지 않았고 간혹 떨어지는 임무 역시 큰 공을 세우기 어려운 것이었다.

탄탄대로를 달린 패엽과 거친 흙길을 걸어온 사귀의 사이가 좋을 리가 없었다.

"여기는 어쩐 일로."

"어쩐 일이긴. 남궁세가가 이쪽에 있다길래 왔지."

패엽의 말에 사귀의 얼굴이 구겨졌다.

남궁세가를 치는 임무는 자신들에게 떨어진 일이었다. 그런데 어찌 패엽이 이 자리에 있는가.

"그것은 저희들의 임무입니다."

"하하하하!"

사귀의 말에 패엽이 대소를 터뜨렸다. 한참을 그렇게 웃던 패엽이 똥 씹은 표정을 짓고 있는 사귀를 보며 말했다.

"남궁세가를 치는 것이 혈랑대의 임무다? 뭔가 크게 착각하고 있군. 혈랑대 따위가 백 오십이 넘는 남궁세가의 정예를 칠 수 있다고 생각하나?"

패엽의 말에 사귀는 몸을 부들부들 떨었다. 분노가 끝까지 치밀어 올랐기 때문이다.

"너희들의 임무는 남궁세가를 교란하고 그 힘을 줄여놓는 정도에 불과해. 마무리는 우리가 한다. 그것이 처음부터 세워진 계획이다."

"하지만!"

"토 달지 마. 애초에 혈랑대는 그런 목적으로 만들어졌고 그 명맥을 이어오고 있는 부대일 뿐이다. 철혈전마대? 과거의 명성 따위가 지금까지 영향을 미칠 것이라 생각하지 마라."

패엽의 말에 사귀는 아무런 말도 할 수가 없었다.

"한데 보아하니 제대로 부딪치기도 전에 된통 당한 모양이군. 하긴, 예상 못 했던 바는 아니야. 애초부터 너희들에 대한 기대는 이 정도에 불과했으니까."

패엽이 엄지와 검지를 살짝 띄워 보여주며 말했다. 그는 사귀의 속을 제대로 긁어 놓고 있었다.

"혈랑대는 본래의 임무에 충실한다. 가서 부딪쳐. 그리고 깨져라. 뭐, 바위에 금이 갈 정도로 강하게 부딪칠 능력은 되겠지."

그렇게 말하는 패엽의 뒤로 천천히 다가오는 사령단의 모습이 보였다.

여유가 넘치는 모습. 그 속에서 은은하게 드러나는 위압감과 강한 기도는 혈랑대가 감히 넘보지 못하는 경지에 있었다.

"멀리서 들으니 곧 출발할 모양이던데. 이곳은 그냥 두고 가도록 우리가 잘 사용할 테니."

패엽이 혈랑대가 만들어놓은 휴식처를 둘러보며 말했다. 그에 사귀는 분노로 새빨개진 얼굴을 한 채 몸을 홱 돌렸다.

"애들 빨리 준비시켜!"

사귀가 애꿎은 부대주에게 분풀이하듯 소리쳤다. 그에 부대주가 빠릿하게 움직이며 대원들을 준비시켰다.

패엽이 사귀에게 하는 것을 옆에서 모두 지켜본 부대주다.

좋든 싫든 사귀는 자신들을 이끄는 대장.

다른 사람에게 이런 대접을 받는 것이 달가울 리가 없었다.

부대주와 마찬가지로 화가 나는 건 혈랑대원들도 마찬가지였다. 우리가 왜 이런 꼴을 당해야 하는가.

이런 일이 한두 번 있던 것도 아니고 한두 번 본 것도 아니었지만 오늘은 유독 화가 났다.

'보여주자!'

그런 마음이 혈랑대 전체에 퍼져 나갔다.

노을이 지기 시작할 무렵.

준비를 마친 혈랑대가 움직였다. 패엽은 한쪽 귀퉁이에 있는 나무에 몸을 기대고 앉아 떠나는 그들의 모습을 바라보았다.

"패잔병 같은 모습이군. 형편없어."

패엽의 그 말을 들었는지 못 들었는지 혈랑대는 천천히 발걸음을 옮기더니 이윽고 그곳에서 사라졌다.

물끄러미 그것을 바라보던 패엽이 비웃음과 함께 고개를 돌렸다.

＊　　　　＊　　　　＊

천보와 조원들에게 쉴 시간을 준 남궁진혁은 남궁진호를 비롯한 각 부대의 대주들과 회의를 가졌다.

천보에게 들은 적의 규모와 실력 등을 바탕으로 대책을 마련하기 위함이었다.

전체적으로 회의 분위기는 여유가 있었다. 일단 가장 큰 이유는 머릿수 때문이었다.

의협대가 그들의 머릿수를 줄여준 덕분에 부담이 확 줄어든 상태였다.

아무리 강한 적이라고 해도 결국 숫자의 이점은 결코 무시할 수 없는 요소였다.

두 번째 이유는 머릿수가 적은 적들의 실력이었다.

아직 적들을 직접 만나보지 못했고 천보의 이야기를 들은 것이 전부였지만 아무리 생각을 해봐도 적들이 자신들을 압도할 만한 실력을 가지고 있다 보기에는 어려웠다.

실력의 우위와 숫자의 이점을 가지고 있는 상황.

두려움에 떨거나 긴장을 할 이유가 없었다.

지금까지 오면서 토벌해 온 녹림을 상대할 때보다야 힘든 싸움이 되겠지만 지금까지 사상자가 전무할 정도로 압도적인 전력을 과시해 온 남궁세가였다.

그 자신감과 자부심이 있었기에 두려움 따위는 머릿속에 없는 단어였다.

그렇다 보니 회의 자리는 구체적인 전략 전술을 논하는 자리라기보다는 무인들의 몸 상태를 점검하는 수준에 지나지 않았다.

한창 그런 이야기를 나누고 있을 때, 천보가 다가왔다.

푹 쉬도록 배려했음에도 찾아온 천보를 본 남궁진혁이 의아한 표정으로 물었다.

"아니, 더 쉬지 않고."

"괜찮습니다."

대답한 천보가 말을 이었다.

"준비는 되셨습니까?"

"준비라고 할 것이 뭐 있겠는가. 오면 부딪쳐 쓰러뜨리면 그만인 것을."

남궁진혁의 말에 천보가 작게 한숨을 쉬었다.

자신이 쉬지 않고 이곳을 찾은 이유가 바로 그것이었다. 자신감이 넘치는 것은 좋지만 자만심과 방심은 철저히 경계해야 할 부분이었다.

하지만 남궁진혁의 지금 이 말에서는 그 두 가지가 모두 담겨 있었다.

"가볍게 생각할 자들이 아닙니다."

"이보시게, 천보."

남궁진혁이 가만히 그를 불렀다. 그러고는 천보의 어깨에 손을 얹고는 말했다.

"자네가 우려하는 바를 모르는 게 아니네. 하지만 남궁세가의 전력은 결코 약하지 않아. 게다가 자네가 했던 이야기를 듣고 오랜 시간 생각하고 내린 결론이라네."

"무림맹의 제갈 군사께서는 양패구상할 확률이 구 할이라 하셨습니다. 또한, 저희가 임무를 제대로 수행한다고 해도 그

확률은 오 할로 줄어들 뿐이라고 했습니다."

천보의 말에 남궁진혁의 눈동자가 잠시 흔들렸다. 하지만 그의 입에서 흘러나온 말은 바뀌지 않았다.

"멀리 떨어진 곳에서, 게다가 아직 무림맹의 정보력이 완전치 않은 상태에서는 잘못된 판단을 할 수도 있네. 이곳은 현장이야. 전장이지. 직접 이곳에서 전장의 공기를 느끼고 내린 판단이 훨씬 정확한 법이라네. 그러니 걱정 말고 가서 쉬게. 조금이라도 더 쉬어두어야 힘을 보탤 것 아니겠는가?"

남궁진혁의 말에 입을 굳게 다물고 있던 천보가 말했다.

"알겠습니다. 하지만 저희도 쉴 만큼 쉬었으니 정찰이라도 다녀오겠습니다."

천보의 말에 잠시 그를 응시하던 남궁진혁이 고개를 끄덕였다.

"마음이 정 그렇다면 그렇게 하게. 하지만 위험하다 싶으면 곧장 물러나서 돌아와야 하네."

"알겠습니다."

그렇게 대답한 천보가 합장을 하고는 그 자리에서 물러나 곧장 조원들이 있는 쪽으로 향했다.

천보를 보고 있던 남궁진호가 입을 열었다.

"역시 나이에 비해 성숙해도 젊긴 젊군요."

"호승심이 있을 나이지. 그래도 소림 승려답게 신중함도 갖추고 있으니 이대로 성장한다면 무림에서 중요한 역할을 할 수 있겠어."

남궁진혁의 말에 남궁진호도 고개를 끄덕였다. 그러고는 이내 다시금 회의를 이어가기 시작했다.

조원들이 있는 곳으로 돌아온 천보는 낮은 목소리로 말했다.

"우리의 임무는 아직 끝이 아닙니다."

"끝난 것 아닙니까?"

천보의 말에 영호광이 무슨 말이냐는 듯 물었다.

"지금 남궁가주와 이곳 사람들은 모두 방심하고 있습니다. 우리의 실력을 낮게 보고 있거나 자신들의 실력을 과신하고 있는 거겠지요. 어쩌면 둘 다일 수 있고요."

"남궁세가라면 그럴 만하지 않겠습니까?"

영호광의 물음에 천보가 고개를 끄덕였다. 중원 오대세가 중 한 곳인 남궁세가라면 충분히 그럴 자격이 있었다.

"하지만 제갈 군사께서는 양패구상할 확률이 구 할이라 했습니다. 우리가 어느 정도 그들의 숫자를 줄여 놓았으니 군사께서 말씀하신 오 할까지는 모르겠지만 조금 올라가긴 했겠지요. 하지만 우리가 직접 부딪쳐 본 저들은 강했습니다."

"하지만 그렇다고 남궁세가에 비견될 정도도 아니었습니다."

단목성의 말에 천보가 고개를 끄덕였다.

"맞습니다. 저도 그렇게 생각하고 있습니다. 하지만 제갈 군 사께서 괜히 그런 이야기를 하신 건 아니겠지요."

"그럼 다른 무언가가 있을 수도 있다는 뜻입니까?"

"그럴지도 모른다고 생각하고 있습니다. 우리가 상대한 자 들이 전부라면 지금 이 걱정은 기우에 그치겠지만 만약 그들 이 전부가 아니라면? 얼마나 강한 적이 나타날지 모르겠지만 결코 쉽지 않을 겁니다."

일리 있는 천보의 말에 모두가 고개를 끄덕였다.

"그럼 우리는 무얼 하면 됩니까?"

"일단 정찰이라도 다녀오겠다고 했습니다. 그 과정에서 무 언가를 알아낸다면 대비를 할 수 있을 것이고, 그렇지 못한다 한들 밑져야 본전인 상황입니다."

"그럼 준비하죠. 안 그래도 다들 움직이는데 그냥 쉬려니까 눈치가 보이던 찰나였습니다."

영호광의 말에 조원들 모두가 고개를 끄덕였다.

조원들 모두 무림맹 내에서 다른 이와의 교류 없이 자신들 끼리 지내왔다.

그 시간이 오래 지속되다 보니 이제는 누군가와 함께 있는 것이 너무나 어색하고 불편했다.

차라리 자신들끼리 따로 떨어져 있는 것이 훨씬 마음이 편했다.

그간 실력이 늘고 성숙했을지 몰라도 사회성은 조금 잃어버린 그들이었다.

"어차피 챙길 것도 없으니 바로 출발하지요."

그렇게 말하며 천보가 먼저 발걸음을 옮겼다. 그리고 그 뒤를 조원들이 바짝 쫓았다.

*   *   *

사위가 깜깜한 어둠으로 물든 시간.

가만히 눈을 감고 여유를 즐기고 있던 패엽이 눈을 떴다. 날카로움이 담겨 있는 그의 눈빛 때문인지 어둠을 뚫고 한 줄기 빛이 뿜어져 나가는 착각을 일으킬 정도였다.

"시간이 얼마나 됐지?"

"곧 해시 말입니다."

"좋아. 우리도 시작하지. 먼저 간 혈랑대는 신경 쓰지 않는다. 애초부터 없는 존재라고 생각하도록."

"알겠습니다."

패엽의 말에 사령단 부단주가 고개를 숙이고는 서둘러 단원들에게로 향했다.

"피 냄새가 나는구나, 피 냄새가."

그렇게 중얼거리며 패엽이 섬뜩한 미소를 지었다.

혈랑대는 속도를 줄이지 않고 오로지 앞만 보고 달렸다.

빠르게 달리는 그들의 눈에서는 의지가 한가득 담긴 안광이 뿜어져 나오고 있었다.

이틀이 조금 안 걸리는 거리라고 했다.

그들의 속도로 봤을 때 멀지 않은 거리라 할 수 있었지만 그렇다고 해서 가까운 거리도 아니었다.

그 거리를 쉬지 않고 달릴 수는 없는 노릇.

여유가 있을 때 쉬어갈 필요가 있었다.

"잠시 쉬어간다."

사귀의 말에 혈랑대 전원이 멈춰 섰다. 그러고는 군말 없이 모두가 적당한 곳을 찾아 짧은 휴식을 취했다.

"어느 정도 왔지?"

"이 정도 속도라면 반나절 이상은 줄였을 겁니다."

"많이 가까워지긴 했지만 아직 멀었군. 시간이 어느 정도 됐지?"

사귀의 물음에 부대주가 하늘을 슬쩍 올려다보았다. 그러고는 손가락으로 잠시 꼽아 보더니 말했다.

"해시 말에서 자시 초 정도 되었을 겁니다."

"자시 초라. 이 각만 쉰다. 자정이 될 때까지 저들과의 거리를 반나절 거리로 좁힌다."

사귀의 말에 부대주는 무리라고 생각했다. 하지만 패엽과의 일이 있었기 때문에 그 어떤 반대 의견도 내지 않았다.

"알겠습니다."

"그리고 주변 경계도 더욱 철저히 하도록. 그놈들이 다시 나타날지도 모르니."

"알겠습니다."

부대주가 고개를 숙였다. 그에 혈랑대주가 고개를 한 번 끄덕이고는 혹시나 하는 마음에 주변을 살폈다.

그러나 어둠이 내려앉은 주변은 고요하기만 할 뿐이었다.

주변을 경계하며 이동하던 천보와 조원들은 조금씩 속도를 높였다.

제법 먼 곳까지 왔으나 아직 아무런 이상 징후도 발견할 수 없었다.

"이제 그만 돌아가 봐야 되지 않겠습니까? 시간도 많이 늦었고 여기까지 왔는데 아무것도 발견하지 못했으니."

영호광의 말에 천보도 고개를 끄덕였다.

어떤 일이 벌어질지 모르는 상황에서 남궁세가 본진과 너무 멀어지는 것도 위험한 일이었다.

"좋습니다. 오늘은 이만 돌아……."

돌아가자고 말하려던 천보가 입을 다물었다. 조금 거리가 있었지만 빠르게 다가오는 기척을 느낀 것이다.

그에 천보가 수신호를 보냈다.

그러자 조원들 모두가 몸을 은폐할 수 있는 주변 지형지물 뒤쪽으로 숨었다.

몸을 숨긴 조원들은 최대한 기척을 죽이고 안력을 돋우었다.

점점 빠르게 다가오는 기척.

조원들은 이내 그들의 정체를 알 수 있었다.

'혈랑대!'

그들의 접근에 조원들은 더욱 몸을 웅크리고 기척을 죽였다. 직전에는 다행히도 인원이 많지 않아 몸을 뺄 수 있었지만 이번에는 아니었다.

대충 살펴봐도 혈랑대 전원이 움직이고 있었다.

세 배가 넘는 인원을 상대로 싸웠다가는 몸을 빼기는커녕 목숨을 부지하는 것도 어려운 일이었다.

선두에서 대원들을 이끌고 빠르게 달려오던 사귀는 무언가 이상한 것을 느끼고 속도를 줄였다.

그러고는 이내 멈춰 서서 날카로운 눈빛으로 주변을 훑었다.

"왜 그러십니까?"

"공기가 다르다. 무언가 꽉 찬 느낌이야."

사귀의 말에 부대주와 대원들 역시 주변을 훑었다.

몸을 숨기고 있는 조원들은 죽을 맛이었다.

발각되면 안 되는 상황. 그렇다 보니 조원들은 작은 움직임도 없이 입까지 틀어막은 채 몸을 숨기고 있었다.

기분 탓일까. 평소와 다르게 심장박동 소리가 엄청 크게 들리는 것 같았다.

"주변을 수색할까요?"

부대주의 물음에 주변을 살피던 사귀가 고개를 저었다.

"아니다. 사령단이 움직이기 전에 우리가 먼저 처리해야 한다. 가자. 이곳에서 지체할 시간이 없어."

"알겠습니다."

사귀가 다시 달리기 시작했고 그 뒤를 부대주와 대원들이 빠르게 따라 붙었다.

그들이 모두 지나가고 나자 천보를 비롯한 조원들이 하나둘씩 모습을 드러냈다.

심장이 쫄깃해지는 상황을 피했기 때문인지 다들 핼쑥해진 것 같았다.

"사령단? 아무래도 저들 말고 다른 적들이 더 있는 모양입니다."

"어서 알려야 하지 않겠습니까?"

"그래야지요. 일단은 저들에게 들키지 않도록 조금 돌아서 갑니다. 최대한 속도를 높이지요."

"예."

조원들의 대답과 동시에 가장 먼저 천보가 빠르게 움직였다.

사귀는 계속해서 이상한 기분이 들었다.

사령단보다 빨라야 한다는 생각 때문에 무작정 달리고는 있었으나 이따금 신경을 긁는 약한 기척들이 느껴졌다.

[부대주.]

[예.]

[따라오는 쥐새끼들이 있는 것 같다. 그놈들인 모양인데 일단 처리하고 간다.]

[늦지 않겠습니까? 그냥 무시해도 될 것 같습니다만.]

[아니. 남궁세가와 싸우기 전에 몸 풀기 좀 해야겠다. 애들 속도 조금 늦추고 내가 신호 보내면 사냥 시작하도록.]

[알겠습니다.]

부대주와 짧은 전음을 나눈 사귀의 표정이 차가워졌다. 그러고는 어느 순간 엄지와 검지를 튕겨 소리를 냈다.

딱!

파파파파팍!

사귀의 손에서 소리가 나는 순간 혈랑대원들이 사방으로 흩어졌다.

조금 거리를 두고 그들을 추월하기 위해 속도를 높이던 천보와 조원들은 갑작스러운 혈랑대의 움직임에 깜짝 놀랐다.

'들켰다!'

자신들을 공격해 오는 혈랑대원들을 보며 천보는 뜨끔했다.

이대로라면 다 죽을지도 모를 상황.

천보가 다급하게 소리쳤다.

"맞서지 말고 피하십시오. 전속력으로 달립니다!"

천보의 말에 조원들은 혈랑대의 공격을 피하며 남궁세가 본진이 있는 쪽으로 내달리기 시작했다.

하지만 먹잇감을 앞에 둔 혈랑대는 끈질겼다.

조원들이 빠져나가는 것을 그냥 두고 보지 않겠다는 듯 빠르게 달라붙으며 조원들을 공격하기 시작했다.

혈랑대의 공격은 날카로웠다.

어둠 속에서도 정확하게 조원들을 노리고 검을 뻗었다.

이런 어둠 속에서의 싸움에 익숙한 것 같았다.

반면 상대적으로 어둠에 익숙하지 않은 조원들은 혈랑대의 공격을 피하는 것도 쉽지 않았다.

'낭패다. 너무 가볍게 생각했어.'

천보는 자신을 탓했다. 그러고는 아슬아슬하게 혈랑대의 공격을 피하며 필사적으로 머리를 굴렸다.

"단목성!"

천보가 단목성을 불렀다.

하지만 단목성은 공격을 피하기 바빠 대답을 할 수 있는 상황이 아니었다.

"나머지는 적들을 막아 퇴로를 확보합니다. 단목성은 뒤도 돌아보지 말고 뛰어서 이 사실을 알려!"

천보의 외침에 조원들이 일사불란하게 움직였다.

흩어져 있던 조원들이 한데 모였고 부족한 개개인의 실력을 서로의 도움으로 메우며 적들의 공격을 막아갔다.

그러자 아주 잠깐의 틈이 생겼고 그 틈을 놓치지 않고 단목성이 뛰어 나갔다.

단목성이 빠져나가는 것을 본 조원들은 이를 악물고 혈랑대의 공격에 맞섰다.

콰쾅! 콰아앙!

퍼퍼퍼퍽!

몇 차례 폭음과 격타음이 울렸다.

하지만 조원들을 둘러싸고 있는 혈랑대의 숫자는 조금도 줄어들지 않은 것 같았다.

"아악!"

그때였다. 단목성의 것으로 들리는 비명 소리가 조원들의 귓전에 울렸다.

"성아!"

단목성과 동갑내기인 위지강이 슬쩍 비명이 들린 쪽을 쳐다보고는 소리쳤다.

쓰러지는 단목성과 그 앞을 막아서서는 사나운 표정을 짓고 있는 혈랑대주의 모습이 보였다.

조원들의 눈이 돌아갔다.

지금까지 어떻게 살아남았는데.

어떻게 고생했고 어떻게 그 힘든 시간들을 참아왔는데.

조원들은 단순히 같은 조의 일원이 아니었다.

전우라는 말로도 표현할 수 없을 정도로 끈끈한 무언가가 있었다.

그런데 그중 막내가 쓰러졌다. 살았는지 죽었는지 알 수 없었다.

조원들 모두가 분노했다.

"으아아아아!"

모두가 하나같이 울분 섞인 기합을 토해내며 주먹을 뻗었다.

하지만 주변을 가득 채운 적들의 검은 예리했다.

조원들의 몸에 자상이 새겨지기 시작했다.

하지만 누구 하나 물러섬 없이 적들과 맞섰다.

칠십 대 이십.

애초부터 말이 되지 않는 싸움. 어떤 식으로든 몸을 빼내는 것이 우선이었으나 지금은 그럴 정신이 아니었다.

어둠 속에서 벌어지는 치열한 싸움.

그 광경을 혈랑대주는 조금 떨어진 곳에서 쳐다보고 있었다.

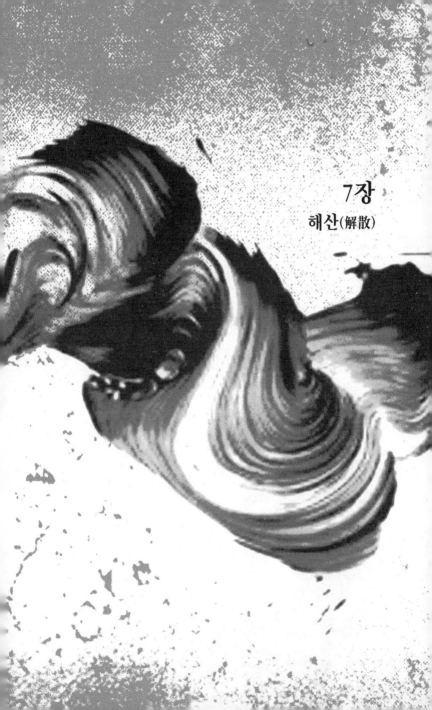

7장
해산(解散)

風神 徐潤

풍신서윤

　밤이 깊었음에도 천보와 조원들이 돌아오지 않자 남궁진혁
은 무슨 일이 생긴 것은 아닌가 하는 걱정이 들었다.

　"너무 늦는군요."

　"그러게 말이다. 무슨 일이 있으면 바로 몸을 빼라고 했는
데."

　"찾아봐야 하지 않겠습니까?"

　"그래야겠지. 날랜 인원으로 뽑아 보내."

　"숫자는 얼마나……."

　남궁진호의 물음에 남궁진혁은 잠시 고민했다. 살펴보고

올 정도의 인원만 보낼 것인지 무슨 일이 벌어졌을 때를 대비해 보낼 것인지 판단이 잘 서지 않았다.

"스무 명 정도면 될 것 같군. 서둘러야겠어."

"알겠습니다."

남궁진호가 서둘러 세가 무인들을 뽑았다. 서둘러 스무 명을 뽑은 남궁진호가 그들에게 몇 가지 명령을 하고는 서둘러 천보와 조원들이 향한 쪽으로 보냈다.

"아무 일 없어야 할 텐데."

남궁진혁이 멀어지는 세가 무인들을 보며 나직이 중얼거렸다.

세가 무인들이 떠난 지 한 식경 정도가 흘렀다.

남궁진혁은 초조하게 그들을 기다렸고 다른 남궁세가 무인들도 뜬 눈으로 밤을 지새우고 있었다.

그때였다.

"모두 기상. 전투 준비."

살기를 느낀 남궁진혁이 딱딱하게 굳은 표정으로 명령했다. 남궁진혁과 비슷한 때에 살기를 느낀 남궁세가 무인들은 벌써부터 검을 뽑아 들고 주변을 경계하고 있었다.

"역시 명불허전 남궁세가. 대단해!"

넉살 좋은 사람처럼 말하며 나타난 사람은 패엽이었다. 표정은 웃고 있었지만 거기에서 풍기는 분위기는 살벌했다.

"누구냐."

"가주께서는 머리가 잘 안 돌아가시는 모양이오. 살기를 풀풀 풍기면서 나타난 사람한테 누구냐고 묻다니."

남궁진혁은 패엽을 보며 인상을 찌푸렸다. 적진 한가운데에 홀로 나타나 이런 여유라니.

실력이 있지 않으면 보일 수 없는 여유였다.

'이들이었나?'

남궁진혁은 천보가 했던 이야기를 떠올렸다. 양패구상할 가능성이 높다던 제갈공의 말을.

"그들은 어디 있지?"

"누구?"

"정찰 나갔던 우리 애들."

"아아. 어디론가 급하게 뛰어가던 그 세 가 무인들을 말함인가? 어떻게 했을 것 같지?"

패엽의 말에 남궁진혁의 표정에도 살기가 감돌았다.

"살려두는 것도 우습지. 이곳은 전장인데."

"살아 돌아갈 생각 따윈 하지 않는 것이 좋을 것이다."

"아니, 난 살아 돌아갈 생각인데."

계속해서 신경을 긁는 패엽의 말에 남궁진혁은 끓어오르는 분노를 겨우 억누르고 있었다.

"쳐!"

먼저 소리친 것은 패엽이었다.

그러자 어둠 속에 숨어 있던 사령단이 사방에서 튀어 나왔다.

순식간에 뒤엉키는 사령단과 남궁세가 무인들.

아수라장이 된 이 순간에도 남궁진혁의 시선은 패엽에게 고정되어 있었다.

"덤비시오, 남궁가주. 그 목, 따드리리다."

"하압!"

남궁진혁이 기합과 함께 앞으로 쏘아져 나갔다. 가문 비전인 창궁무애검법이 그의 손에서 펼쳐졌다.

처음부터 위력을 담은 검초 앞에서도 패엽의 눈동자는 조금의 흔들림도 없었다.

챙!

뽑히는가 싶더니 어느새 남궁진혁의 검과 부딪치고 있는 패엽의 검.

눈 깜짝할 새에 이루어지는 발검이었다.

남궁진혁은 내심 놀랐다. 이 정도 고수라니.

하지만 남궁진혁은 조금도 내색하지 않고 기세를 빼앗기지 않기 위해 쉴 새 없이 검초를 뿌리며 패엽을 압박해 갔다.

쩌저저저정!

남궁진혁의 검과 패엽의 검이 어지럽게 교차했다.

서로의 요혈을 노리는 공격.

그리고 방어와 공격이 절묘하게 이뤄지는 움직임.

둘 다 실로 대단한 실력이라 할 수 있었다.

살벌한 기운을 머금은 검이 코앞까지 다가와도 둘 다 눈 하나 깜짝하지 않았다.

오히려 더욱 상대의 움직임에 집중하며 검을 휘둘렀다.

"컥!"

패엽을 향해 휘두르던 검에 사령단 무인 한 명이 맞아 쓰러졌다.

둘만의 공간이 아닌 여럿이 뒤엉켜 싸우는 복잡한 공간.

그만큼 변수가 많을 수밖에 없었다.

남궁진혁의 검이 사령단 무인을 베는 바람에 궤도가 틀어진 틈을 타 패엽이 빠르게 검을 뿌렸다.

발검을 할 때만큼이나 빠르고 위력적인 검.

하지만 남궁진혁도 그냥 세가의 가주 자리에 앉은 것은 아니었다.

가볍게 뒤로 물러서며 검을 비틀어 패엽의 공격을 막았다.

그리고 다음 공격을 준비하려던 찰나 섬뜩함을 느낀 남궁진혁이 재빨리 뒤로 물러섰다.

가슴팍에서 느껴지는 화끈함에 남궁진혁이 슬쩍 아래를 내려다보았다.

살짝 벌어진 가슴. 그곳에서 피가 흐르고 있었다.

재빨리 피하지 않았으면 심장을 꿰뚫렸을지도 몰랐다.

"아깝다."

패엽이 정말 아깝다는 듯 말했다.

남궁진혁은 패엽의 검을 바라보았다. 처음보다 늘어난 길이. 어둠 때문에 제대로 보지 못했지만 검신에 작은 선이 있었다.

'늘어나는 검? 골치 아프군.'

남궁진혁이 인상을 찌푸렸다. 생전 처음 보는 무기였지만 그것이 큰 제약이 되지는 않았다.

"합!"

남궁진혁이 짧은 기합과 함께 다시 쏘아져 나갔다. 그러는 사이 어느덧 패엽의 검은 다시 짧아져 있었다.

쩌저저저저정!

다시 한 번 남궁진혁의 검과 패엽의 검이 교차했다.

촤라락!

완벽하게 방어했다고 생각한 순간 패엽의 검이 다시 늘어났다. 미리 대비하고 있었기에 남궁진혁이 재빨리 몸을 틀었으나 또다시 피가 튀고 말았다.

당황한 남궁진혁.

그리고 섬뜩한 미소와 함께 그를 쳐다보는 패엽.

'이 싸움, 쉽지 않겠어.'

남궁진혁이 마른침을 삼켰다.

두 사람이 치열한 공방을 펼치고 있는 사이, 뒤엉킨 남궁세
가 무인들과 사령단의 싸움 역시 치열함이 절정을 향해 가고
있었다.

남궁세가와 사령단의 싸움은 호각세였다.

스무 명이나 빠져나간 상태에서 이 정도로 싸울 수 있는 것
은 남궁세가의 저력이라 할 수 있었으나 사령단의 전투력도
상상을 초월했다.

남궁세가 무인들은 안간힘을 쓰고 있는 반면, 사령단의 표
정에는 여유가 있었다.

마치 아직 모든 것을 보여주지 않았다고 말하는 것 같았다.

그리고 잠시 후.

유희를 끝내려는 듯 사령단이 본 실력을 드러내기 시작했
다.

빠르게 쓰러지는 남궁세가 무인들.

전세가 급격하게 사령단 쪽으로 기울기 시작했다.

남궁진혁이 패엽에게 발이 묶인 상황에서 남궁진호가 종횡
무진하며 힘을 쓰고 있었지만 기울어지는 전세를 뒤집기에는

역부족이었다.

쓰러뜨린 숫자보다 쓰러진 숫자가 더 많아지는 순간, 남궁세가 무인들의 머릿속에 '패배'라는 단어와 '죽음'이라는 단어가 스며들기 시작했다.

"으아압!"

남궁진호가 악에 받친 기합과 함께 미친 듯이 검을 휘둘렀다. 하지만 끊임없이 달려드는 사령단 무인들을 감당하기 어려웠다.

'이대로 끝나는 것인가!'

남궁진호는 천보를 떠올렸다.

미안한 생각이 들었다. 처음부터 그의 이야기를 귀 기울여 들었다면 그들이 위험에 빠지지도 않았을 것이고 이렇게 패하지 않았을 것이라는 생각이 들었다.

그때였다.

"야, 이 개새끼들아아아!"

속을 뻥 뚫어주는 욕이 들려옴과 동시에 반대쪽에서 묵직한 기운들이 밀려오기 시작했다.

남궁진호의 눈빛이 흔들렸다.

정찰을 나갔던 천보와 조원들, 그리고 그들을 찾기 위해 떠났던 남궁세가의 무인들이 나타난 것이다.

패엽은 그들을 만나 죽였다고 했지만 그것은 어디까지나 도

발을 위한 허언이었을 뿐이었다.

어디론가 급하게 달려가는 남궁세가 무인들을 본 것은 맞았다. 하지만 그들을 건드리지는 않았다.

이미 혈랑대가 누군가와 싸우고 있다는 걸 알고 있던 상황.

급하게 달려가는 남궁세가 무인들이 그곳으로 가는 것이라면 혈랑대가 발을 묶어둘 수 있을 것이라 생각한 것이다.

긴 시간은 필요 없을 것이라 생각했다.

적당히 시간만 벌어준다면 충분히 남궁세가를 무너뜨릴 수 있을 것이라 생각했다.

하지만 그것은 자만심이 불러온 오판이었다.

남궁세가의 저력은 생각보다 대단했고, 패엽이 생각했던 것보다 더 시간이 흘렀음에도 싸움을 끝내지 못했다.

그것이 바로 지금의 이 상황을 불러온 것이었다.

"사귀, 끝까지 내 발목을 잡는구나!"

남궁진혁과 대치하고 있던 패엽이 나직이 중얼거렸다. 반대로 남궁진혁의 표정은 한층 밝아졌다.

물론 아직까지 인원수로 유리한 쪽은 사령단이었다.

하지만 기울어졌던 기세가 다시금 남궁세가 쪽으로 넘어오기에는 충분했다.

여기저기에 부상을 입은 천보와 조원들은 눈에 보이는 대로 적들을 향해 주먹을 뻗었다.

단목성이 죽었다. 그뿐만 아니라 네 명의 조원이 더 죽었다. 때마침 남궁세가 무인들이 나타나지 않았다면 다 죽었으리라.

겨우 목숨을 부지하고 급하게 달려왔고 치열한 전장을 마주했다.

혈랑대에 제대로 풀지 못한 한이 터져 나왔고 그 시발점이 바로 처음에 들린 위지강의 시원한 욕이었다.

천보와 조원들을 찾기 위해 나섰던 남궁세가 무인들도 날카롭게 검을 휘둘렀다.

쓰러지는 사령단.

그러자 사령단 내부에 혼란이 가중되었다. 예상치 못한 상황에 부딪치자 당황한 것이었다.

다시금 전세가 급격하게 기울기 시작했다.

그 와중에 천보와 조원들은 눈에 띄는 활약을 펼치고 있었다.

부상이 심하고 지친 상태임에도 사령단 사이를 누비며 내기라도 하듯 적들을 쓰러뜨리고 있었다.

그들의 기세는 남궁세가 무인들 전체의 기세와 맞먹었다.

아니, 그 이상이었다.

그리고 그 기세는 고스란히 남궁세가 무인들에게 전달되었다.

"우리도 결착을 지어야겠지."

남궁진혁의 말에 패엽이 서늘한 눈빛으로 그를 쳐다보았다. 죽을 때 죽더라도 남궁진혁의 목숨을 가져가겠다는 눈빛이었다.

남궁진혁은 두려울 것이 없었다.

"하압!"

"합!"

두 사람이 동시에 기합을 내지르며 서로를 향해 달려들었고 불빛이 번쩍 튈 정도로 강하게 검을 교차했다.

사람들의 시선이 그쪽으로 쏠렸다.

그리고 다음 순간, 남궁세가와 사령단의 희비가 엇갈렸다.

동이 터오고 있었다.

하지만 아직까지도 주변 정리가 끝나지 않은 상태였다.

워낙 많은 인원이 부딪친 싸움이었고 그만큼 부상자도 많았기 때문이었다.

서로가 서로에게 힘겹게 치료를 해주며 주변 정리를 하고 있었기 때문에 속도가 더딜 수밖에 없었다.

주변을 쳐다보는 남궁진혁의 심정은 복잡했다.

데리고 온 세가 무인들의 반절 이상이 죽거나 심한 부상을 입었다.

처음 세가를 떠나올 때까지만 해도 이런 상황이 벌어질 것이라는 생각은 하지 않았었다.

결국 이런 상황을 만들어낸 것은 자신의 잘못된 판단이었다.

'이 정도인 것도 다행인 건가.'

남궁진혁이 씁쓸한 미소를 지었다. 그런 그에게 남궁진호가 다가왔다.

"치료받으시지요, 형님."

"아니, 난 마지막에 받겠다. 그보다, 천보와 조원들은?"

"저쪽에……."

남궁진혁은 남궁진호가 가리킨 쪽을 바라보았다.

응급처치를 마친 천보와 조원들이 고개를 푹 숙인 채 침울한 분위기를 만들고 있었다.

"우리를 위기에서 구해낸 일등 공신들인데 왜 저러고 있는 건가?"

"조원들 몇 명이 죽었다고 합니다."

"음……."

남궁진혁이 낮은 침음성을 흘렸다.

전장에서 동료를 잃는 것은 흔한 일이었다. 지금만 해도 수많은 사람이 죽지 않았던가.

하지만 남궁진혁은 그들을 못마땅하게 쳐다보지 않았다.

저들에게 동료는 그 무엇보다 소중한 사람들일 터. 그들의
죽음을 슬퍼하는 것은 당연한 일이었다.

"시신은?"

"수습하러 갈 인원이 부족하여……."

남궁진호의 대답에 남궁진혁은 잠시 천보와 조원들을 바라
보다가 그들에게 다가갔다.

남궁진혁이 다가오자 천보가 힘겹게 자리에서 일어났다.

"고맙네. 그리고 미안하네. 진작 자네 말을 들었어야 했는
데."

"아닙니다."

천보의 목소리는 가라앉아 있었다.

"아직 시신을 수습하지 못했다고 하던데."

"그렇습니다."

천보의 대답에 잠시 망설이던 남궁진혁이 어렵게 입을 열었
다.

"자네들이 힘든 건 알고 있네만, 동료들의 시신은 직접 수습
했으면 하네."

남궁진혁의 말에 천보가 가만히 그를 바라보았다.

"오해하지 말게. 당장에라도 세가 무인들을 보낼까도 생각
했네만, 자네들이 직접 시신을 수습하는 것이 먼저 간 동료들
에게도 자네들에게도 의미가 있을 것 같아서 그렇다네. 자네

들에게 서로는 그냥 동료가 아니라 그 이상의 무언가가 있지 않은가."

"예. 그렇게 하겠습니다."

"다시 한 번 미안하네."

남궁진혁의 진심 어린 사과에 천보는 아무런 대답도 하지 않았다.

그리고 잠시 후.

동료의 시신을 수습하기 위해 천보와 조원들이 힘겹게 발걸음을 옮겼다.

동이 터오기 시작할 때 출발한 조원들은 해가 중천에 떴을 때에야 처참한 광경이 펼쳐져 있는 그곳에 도착할 수 있었다.

전날의 참상이 그대로 남아 있는 곳.

다시 이곳에 오자 조원들은 마음이 무거웠다. 수많은 적들의 시체 사이에 누워 있을 동료를 생각하니 왈칵 눈물이 올라왔다.

"어서 찾지요."

천보의 무거운 말 한 마디에 조원들도 고개를 끄덕이고는 동료들의 시신을 찾기 시작했다.

시간은 오래 걸리지 않았다.

오랜 시간 동고동락한 동료의 얼굴을 찾는데 어찌 오래 걸릴 수 있을까.

조원들은 동료들의 시신을 조심스럽게 옮겼다.

더 이상 적들 사이에 두고 싶지 않았기에 일단은 깔끔한 곳으로 옮긴 것이다.

조원들은 동료들의 시신을 바닥에 조심스럽게 눕혔다.

고통에 찡그린 얼굴도 있었고 편안한 얼굴도 있었다. 핏기 없이 하얀 그 얼굴들을 조원들은 가만히 바라보고 있었다.

"흑… 흑……"

흐느끼는 소리가 들렸다. 단목성 옆에 앉은 위지강이었다.

싸늘하게 식은 단목성을 본 위지강은 눈물을 멈출 수가 없었다.

의협대에 처음 들어와 힘들 때에도 단목성이 있었기에 버틸 수 있었다.

서윤 덕분에 위기를 넘기고 무림맹으로 돌아갔을 때에도, 그 이후 지금까지 힘든 수련을 이겨내고 버틸 수 있었던 것도 단목성이 있었기 때문이었다.

서로 의지가 되어주었던 벗이 죽었다.

어찌 슬퍼하지 않을 수가 있을까.

위지강의 흐느낌을 시작으로 조원들이 하나둘씩 울음을 터뜨리기 시작했다.

처음 의협대에 배정되고 임무를 맡았을 때에는 너무 어렸다.

비록 지금도 그때보다 나이를 훨씬 많이 먹은 건 아니었지만 대륙상단의 상행과 함께 겪은 일은 그들을 한층 성장하게 만들었다.

이는 단순히 무공의 성장만을 의미하는 것이 아니었다.

동료의 소중함과 그들을 생각하는 마음.

그리고 희생과 고마움, 그리고 함께하고 함께 숨 쉬는 것의 소중함을 알게 되었다.

성숙해진 그들이었기에 지금 이 순간 느껴지는 슬픔의 크기가 더욱 컸다.

그렇게 그들은 한참을 그 자리에 서서 눈물을 흘렸다.

분위기는 무거웠다.

이미 적들의 시신과 남궁세가 무인들의 시신은 분류를 해 놓은 상태였다. 그러던 찰나, 천보와 조원들이 동료들의 시신을 안고 돌아왔다.

그들의 등장에 장내는 더욱 무거운 분위기로 바뀌었다.

천보와 조원들이 동료들의 시신을 수습하기 위해 떠난 직후 남궁진혁은 그들이 돌아오거든 아무런 말도 하지 않고 잠시나마 함께 애도해 주자고 세가 무인들에게 당부했다.

세가 무인들에게도 동료를 잃는 것은 힘든 일이었다.

하지만 그만큼 익숙한 일이기도 했고 한편으로는 당연하게 받아들이는 일이기도 했다.

하지만 그들도 천보와 조원들이 지금까지 어떤 일을 겪었고 얼마나 힘든 시간을 보내왔는지 잘 알고 있었기에 남궁진혁의 말에 충분히 공감하고 있었다.

게다가 그들은 아직 젊은 사람이 아니던가.

상대적으로 강호 경험이 많은 남궁세가 무인들은 천보와 조원들이 느끼는 감정의 무게를 충분히 공감해 줄 수 있는 연륜이 있었다.

동료들의 시신을 가지고 돌아온 조원들은 남궁세가 무인들의 시신이 있는 쪽에 그들을 조심스럽게 눕혔다.

슬픔이 금방 가실 수는 없었지만 어느 정도 감정을 추스를 시간이 있었기에 지금은 얼른 그들을 편안히 보내주고 싶은 마음이었다.

남궁진혁이 천보와 조원들을 바라보았다.

그와 눈이 마주친 천보가 고개를 끄덕이자 역시 마주 고개를 끄덕인 남궁진혁이 횃불을 들고 대기하고 있는 세가 무인에게 말했다.

"불을 붙여라."

남궁진혁의 명령에 횃불을 들고 있던 세가 무인이 시신에 불을 붙였다.

금세 치솟는 불길.

그것을 바라보는 조원들의 눈가에 다시금 눈물이 맺혔고 천보는 연신 불경을 외고 있었다.

그것이 그들이 해줄 수 있는 최선이라는 것이 더욱 가슴이 아팠다.

세가 무인들과 의협대원들의 시신을 태우는 불꽃은 타오르는 태양을 향해 높이 치솟고 있었다.

화장이 모두 끝나고 남궁진혁은 천보를 찾았다.

조원들과 함께 감정과의 힘겨운 싸움을 하고 있던 천보는 남궁진혁의 부름에 그쪽으로 향했다.

하루 사이에 수척해진 천보의 얼굴을 보니 남궁진혁도 마음이 무거웠다.

"우리는 이대로 세가로 돌아갈 생각이네. 더 이상 녹림 토벌은 의미가 없으니. 자네들은 이제 어떻게 할 셈인가?"

"다시 돌아가야겠지요."

"무림맹으로?"

"예, 저희가 갈 곳이 어디 있겠습니까."

천보의 말에 남궁진혁이 잠시 망설이더니 입을 열었다.

"지금 내가 하는 말은 개인적인 의견이네. 꼭 그렇게 하라는 건 아니니 오해하거나 부담 갖지 말게."

"예."

"난 자네들이 사문으로 돌아갔으면 하네."

남궁진혁의 말에 천보가 그의 눈을 쳐다보았다.

"자네들은 지금까지 힘겨운 길을 걸어 왔어. 몸도 그렇고 마음도 그렇고 지칠 대로 지친 상태지. 이는 육신과 정신을 축내기만 할 뿐이야. 그렇게 버티고 버티다가 더 이상 버틸 수가 없게 되어 어느 순간 무너지게 되면 다시는 일어설 수 없는 상태가 될지도 모르네."

남궁진혁은 진심으로 그들이 걱정되어 하는 말이었다.

천보와 조원들은 아직 젊었다.

젊다는 것은 앞으로 해야 할 일이 많다는 것을 의미하기도 했다.

지금 이 순간에도 중원 무림에서 수많은 젊은 무인이 죽어 나가고 있었다.

하지만 다음 세대를 이어나가야 할 젊은이들이 계속해서 무너지고 쓰러지고 목숨을 잃게 된다면 이 싸움에서 이긴다 한들 미래는 어두울 수밖에 없었다.

남궁진혁은 그런 것을 우려하고 있었다.

게다가 이들은 실력과 재능, 그리고 큰 그릇을 가지고 있는 재목이었다.

이들이 무너진다면 말 그대로 중원 무림의 크나큰 손실이라 할 수 있었다.

남궁진혁의 말에 천보는 아무런 말도 하지 않고 가만히 있었다.

"자네들이 진심으로 걱정되어 하는 말일세. 이번 임무가 끝났으니 어쨌든 일단 무림맹으로 돌아가기는 해야겠지. 무림맹 소속이니까. 하지만 자네들은 무림맹에 입맹하여 무공을 배운 사람들이 아니야. 각자 사문이 있지. 그곳으로 돌아가 몸과 마음을 쉬게 해주라는 말일세. 그래야 나중에 더 큰일을 할 수 있지 않겠는가?"

남궁진혁의 말은 맞는 말이었다.

지금 이 자리에서 그의 말을 듣고 있는 순간에도 천보는 몇 번이고 주저앉고 싶은 마음이 굴뚝같았다.

단순히 몸이 힘들어서가 아니었다.

책임감을 비롯해 그를 짓누르고 있는 여러 가지의 무게가 감당하기 어려울 정도로 무거웠기 때문이었다.

천보는 서윤을 떠올렸다.

따지고 보면 그는 일개 조원이었을 뿐이다.

하지만 그 누구보다 앞장섰고 주도적이었으며 책임감이 넘쳤다.

그 역시도 자신과 같은 무게를 견뎌냈으리라.

'나도 그처럼 견뎌낼 수 있을까?'

천보가 속으로 중얼거렸다. 자신을 가만히 들여다보았고 골

똘히 생각했다.

견뎌내고 싶었다. 도전해 보고 싶었다.

마음은 그러했지만 아무리 생각해 봐도 그가 생각하기에 자신은 그것을 쉬이 감당할 수 있을 정도의 그릇은 아직 안 되는 것 같았다.

"말씀 감사합니다. 돌아가면서 조원들과 얘기해 보겠습니다."

"그렇게 하게. 잘 생각해서 결정하길 바라네."

"예. 그렇게 하겠습니다."

천보가 합장하며 공손히 인사하고는 조원들이 있는 곳으로 돌아갔다.

그 모습을 안타깝게 바라보던 남궁진혁도 세가 사람들이 있는 쪽으로 향했다.

또 한 번의 아픔과 더 큰 슬픔을 남긴 그날의 시간이 너무나 야속하게도 빠르게 지나가고 있었다.

＊　　　　＊　　　　＊

강서성에서 벌어진 일에 대한 보고를 받은 제갈공의 얼굴은 잔뜩 상기되어 있었다.

이유는 두 가지 때문이었다.

높아야 오 할일 것이라 생각했던 양패구상의 확률이 영이
된 것이다.

그것은 천보가 떠나기 전 공헌했던 내용이었다.

그것을 현실로 만들었으니 그들이 지금까지 버텨온 시간들
이 헛되지 않았음을 증명한 것이었다.

다른 이유는 강서성에서 벌어진 일 때문이었다.

천보와 조원들을 보낸 것은 혈랑대 때문이었다. 그리고 천
보와 조원들은 그들에게 맡긴 임무를 십 할 이상 완수했다.

하지만 문제는 그것이 아니었다.

전혀 예상하지 못했던 사령단이라는 존재.

그들의 강력함에 놀랐고, 그럼에도 불구하고 양패구상하지
않을 확률로 십 할을 공헌하고 또 그것을 이뤄낸 천보에게도
놀랐다.

비록 뒤이은 보고에 조원들 중 일부가 목숨을 잃었다는 내
용도 있었으나 무림맹의 군사로서 그 소식이 가져다준 안타까
움보다는 이번 일이 무사히 끝나 다행이라는 생각이 더 컸다.

제갈공은 보고 내용이 적힌 종이를 들고 자리에서 일어났
다.

제갈공이 찾은 곳은 종리혁의 집무실이었다.

천보와 조원들을 사지로 보낸 후 연일 마음이 편치 않았던

그는 제갈공이 찾아오자 불안감을 숨기지 못했다.

"무슨 일이오?"

"강서성 쪽에서 보고가 올라왔습니다."

"강서성에서? 뭐라 적혀 있소?"

종리혁의 물음에 제갈공이 손에 들고 있던 종이를 그에게 건넸다. 종이를 받아 든 종리혁은 빠르게 내용을 읽어 내려갔다.

"하······."

종이에는 그가 불안해하던 내용은 적혀 있지 않았다.

비록 조원 중 몇 명이 사망했다는 보고는 있었으나 더 큰 피해를 입지 않아 다행이라 생각하고 있었다.

"다행이구려. 복귀하고 있다 하오?"

"그럴 겁니다. 다만 부상도 있을 것이고 많이 지쳤을 테니 시간은 좀 걸릴 겁니다."

"알겠소. 혹시 모르니 호남성에 들어오기 전까지는 그들의 신변에 이상이 생기지 않도록 각별히 신경 쓰시오."

"그렇게 하겠습니다."

제갈공의 대답에 종리혁이 고개를 끄덕였다.

그렇게 한숨 돌리고 나니 종리혁은 천보와 조원들이 대견했다.

그간 많이 힘들었을 텐데 이렇게나 성장해 준 것이 고맙기도 했다.

"다른 지역은 어떻소?"

"폭풍 전야입니다. 이상 징후들이 보이기는 하는데 아직까지 직접적인 접촉은 없었습니다. 일단 그쪽으로 각 문파의 병력과 무림맹 병력을 배치해 놓기는 했습니다만 아직까지 적들의 실제 전력을 파악하지는 못한 상태입니다."

제갈공의 대답에 종리혁이 인상을 찌푸렸다.

"진을 빼려는 모양이군. 이래서야 이겨도 이긴 게 아니겠어."

"정보망을 전부 가동해 적들에 대한 모든 것을 알아내기 위해 온 힘을 쏟고 있습니다."

"개방은 아직이요?"

"아직입니다. 호걸개 장로가 나름 고심하고 있는 모양인데 쉽지는 않은 모양입니다."

이미 팽가주와 호걸개로부터 개방의 현 상황을 대략적으로 들어 알고 있는 두 사람이었다.

하지만 그렇다고 해서 지금 현재 무림맹이 어떤 식으로든 도움을 주기가 애매한 상황이었다.

묵걸개가 배신자라고 공표하고 대대적으로 토벌을 할 수도 없었다.

오히려 묵걸개가 개방의 힘을 이용해 이는 모함이라고, 자신은 결백하다는 여론을 만들면 역으로 당할 수도 있었기 때문이다.

게다가 마교 쪽의 움직임에 신경을 써야 하는 입장이기에 개방 쪽으로 돌릴 전력도 여의치 않은 것이 현실이었다.

"호걸개를 믿어 보는 수밖에 없겠군."

"일단은 그렇습니다. 가장 좋은 방법은 방주를 찾고 묵걸개를 처리하는 것인데… 머리가 좋은 사람이니 좋은 방도를 찾아낼 것입니다."

"군사께서도 생각나는 좋은 계책이 있으면 그와 공유해 빨리 처리할 수 있도록 해주시구려."

"알겠습니다."

제갈공의 대답에 고개를 끄덕인 종리혁이 작게 중얼거렸다.

"난국이구나. 난국이야."

*   *   *

천보와 조원들은 빠르지 않은 속도로 호남성을 향해 가고 있었다.

조금씩 기운을 차린 조원들은 서로 이런저런 이야기를 하며 발걸음을 옮기고 있었으나 천보는 혼자 말없이 조금은 조원들과 동떨어져 걷고 있었다.

그것을 본 영호광이 천보의 곁으로 다가와 어깨를 나란히 하고 걸었다.

"무슨 고민이라도 있으십니까?"

"아닙니다."

그의 물음에 천보가 고개를 저으며 대답했다. 하지만 영호광은 잠시 그의 눈치를 보더니 다시 물었다.

"계속해서 표정이 좋지 않으십니다. 말씀해 보십시오."

영호광의 말에 천보가 살짝 미소를 지었다. 그러고는 다른 조원들에게는 들리지 않도록 작은 목소리로 말했다.

"남궁가주께서 그러시더군요. 지금 우리는 심신이 지쳐 있다고. 이대로 가다가는 무너질지도 모른다고. 그러니 무림맹에 복귀하면 해산하여 사문으로 돌아가는 게 어떻겠냐고 하셨습니다."

"사문으로 말입니까?"

"그렇습니다. 사문으로 돌아가 지친 몸과 마음을 달래고 재충전할 시간을 가져보는 것도 좋다는 뜻이겠지요. 평소 같으면 그렇게 하겠지만 지금은 전시가 아닙니까? 이럴 때에 나 편하자고 사문으로 돌아가는 것도 아닌 것 같고 해서 그냥 이런 저런 생각을 좀 하고 있었습니다."

천보의 대답에 영호광이 잠시 생각에 잠겼다.

"남궁가주님의 말씀도 일리가 있는 것 같습니다. 하지만 그런 걸 혼자 고민하신다고 해결되는 건 아니지 않습니까? 조원들과 허심탄회하게 얘기도 해봐야 할 것이고, 무림맹에 돌아가면 맹주님, 군사님과도 얘기해 봐야 할 문제입니다. 굳이 그런 것 때문에 홀로 고민하고 부담 갖지 마십시오."

"그러겠습니다. 뭐, 꼭 그것 때문에 고민을 했다기보다는 저 자신에 대해 이런저런 생각할 것들이 있어서 그랬으니 너무 걱정 마십시오."

조금은 밝아진 표정으로 대답하는 천보를 보며 영호광이 미소와 함께 고개를 끄덕였다. 그리고는 다시 조원들 사이로 돌아가 밝게 이야기 하며 발걸음을 옮겼다.

다시 혼자만의 시간을 갖게 된 천보는 작은 한숨을 내쉬었다.

천보와 조원들은 무사히 무림맹에 복귀했다.

그들이 복귀했다는 말에 정문까지는 아니었지만 종리혁과 제갈공이 마중을 나왔다.

고생했다는 짧은 말을 시작으로 간단히 그들의 공을 치하한 종리혁은 자세한 보고는 다음 날 받기로 하고 돌아가 쉬도록 했다.

오랜만에 숙소로 돌아온 조원들은 마치 제집으로 돌아온 것처럼 편안함을 느끼며 그대로 침상에 드러누워 버렸다.

천보 역시 그제야 마음이 놓이고 긴장이 풀리며 몸이 나른 해지는 것을 느꼈다.

천보와 조원들은 해가 중천인 시간임에도 잠에 빠져 들었 다.

돌아오자마자 잠이 든 조원들은 저녁 시간이 되자 하나둘 씩 깨어났다. 피곤하기는 해도 배고픈 건 어쩔 수 없는 모양이 었다.

배고픔에 깨긴 했는데 다들 입맛이 없는지 잠이 덜 깬 표정 으로 침상에 앉아 있었다. 이럴 거면 그냥 자는 것이 훨씬 낫 겠다 싶었다.

천보 역시 잠에서 덜 깬 표정으로 앉아 있다가 조원들을 한 번 쓱 쳐다보았다.

그들의 얼굴을 보니 조금씩 잠이 깨는 것 같았다.

드문드문 보이는 빈자리. 그 허전함이 천보를 순식간에 현 실로 끌어 당겼다.

"후……."

작게 한숨을 쉰 천보가 자리에서 일어났다. 그러고는 조원 들을 한눈에 볼 수 있는 곳에 서서는 잠시 그들을 쳐다보았 다.

무언가 할 말이 있는 것 같은 천보의 분위기에 조원들이 눈을 비비고 고개를 흔들며 잠을 떨쳐냈다.

"아직 비몽사몽 하겠지만 제 얘기를 좀 들어주십시오. 여러분의 의견을 듣고 싶은 일이 있습니다."

진지한 천보의 목소리에 다들 조금씩 잠을 떨쳐내며 집중하기 시작했다.

어느 정도 조원들의 정신이 돌아왔다는 판단이 서자 천보는 남궁진혁으로부터 들었던 이야기를 털어 놓았다.

의협대 해산과 관련된 이야기.

조원들은 정신이 바짝 들었다. 이미 이야기를 들은 영호광만이 덤덤하게 천보의 이야기를 듣고 있었다.

"여러분은 어떻게 생각하십니까?"

천보가 조원들의 의견을 물었다. 하지만 누구도 입을 열지 않았다. 천보가 그랬던 것처럼 이야기를 듣는 순간 바로 결론을 내리기 어려웠기 때문이었다.

그때, 위지강이 손을 들었다. 그러자 조원들의 시선이 그에게 쏠렸다.

"조장의 생각을 듣고 싶습니다."

위지강의 말에 이번에는 조원들의 시선이 천보에게 쏠렸다. 그에 잠시 고심하던 그가 조심스럽게 입을 열었다.

"무림맹으로 돌아오는 내내 고민했습니다. 어떻게 하는 게 좋을까. 제 입장만 놓고 생각하자니 여러분이 걸리고 여러분 생각까지 하자니 제 자신이 마음에 걸리더군요."

천보가 잠시 말을 끊었다. 조원들 대부분이 가만히 고개를 끄덕였다. 그들 마음이 천보의 마음과 같았기 때문이었다.

"여러 가지로 생각했습니다. 그리고 내린 제 생각은 잠시 쉬어 가는 것도 필요하다는 것이었습니다."

"그 말은……."

"예, 해산하는 것이 어떨까 합니다."

일순간 숙소가 조용해졌다. 천보도 잠시 동안 아무런 말도 하지 않았다.

"그렇게 결론 내린 이유가 궁금합니다."

침묵을 깨고 영호광이 물었다. 그러자 천보가 말을 이었다.

"우리는 쉼 없이 달려왔습니다. 정신적 충격을 채 다스리기도 전에 한계 이상으로 우리 스스로를 몰아붙였지요. 남궁 가주님의 말씀이 맞습니다. 우리는 겨우 버티고 있을 뿐입니다. 어느 순간 주저앉으면 다시 일어나지 못할 지도 모릅니다. 저도 이겨내고 싶었고 이겨낼 수 있을 것이라 생각했습니다. 하지만 아무리 생각해도 아직은 나 자신이 그럴 능력이 안 된다고 생각했습니다."

천보의 말에 모두가 숙연해졌다. 자신을 돌아보게 되었고 자신의 상태를 냉정하게 바라보고 있었다.

천보는 그들을 기다려 주었다.

자신도 몇 날 며칠이 걸려 내린 결론이었다. 그런데 조원들이라고 금방 결론을 내릴 수 있을 리가 없었다.

"지금 당장 답하지 않아도 됩니다. 피곤한 정신을 쉬게 해야 하고 몸도 회복해야 합니다. 천천히 고민하십시오. 그리고 때가 되면 그때 말씀해 주십시오."

천보의 말에 모두가 고개를 끄덕였다. 그리고 몇몇은 자리에서 일어나 천천히 숙소를 빠져나갔다.

며칠이 지났다.

천보와 조원들에게는 다른 임무는 주어지지 않았다. 강서성에서 많은 힘을 쏟은 그들을 쉬게 해주려는 종리혁과 제갈공의 배려였다.

그사이 조원들은 본래 상태로 몸을 회복했다. 하지만 표정들은 썩 밝지 않았다.

무림맹에 복귀한 그날 천보에게 들었던 이야기.

그것에 대한 고민이 계속 이어지고 있었기 때문이었다.

그런 조원들을 바라보는 천보의 표정도 밝지는 않았다. 그날이 아니라 차라리 지금처럼 회복한 후에 말할 걸 그랬나 하는 약간의 후회도 있었다.

물끄러미 조원들을 바라보는 천보에게 영호광이 다가왔다.

"또 표정이 밝지 않으십니다."

"밝을 수가 없지요."

"조장은 결론을 내렸고 이제 조장의 손을 떠난 일입니다. 저들의 손에 넘어간 일이지요."

"그렇기 때문에 더 밝을 수가 없습니다."

천보의 말에 영호광이 미소를 지으며 말했다.

"예전에 돌아가신 아버지께서 해주셨던 말씀이 있습니다. 그때는 너무 어렸기 때문에 잘 이해가 가지 않았지만 조장을 보니 그때 그 말이 떠오르는 군요."

"어떤 말입니까?"

"사람은 책임감이 있어야 한다. 책임감이 없으면 사람으로서의 제대로 된 도리를 할 수 없다. 하지만 본인이 짊어질 수 있는 만큼의 책임감만 가져라. 그것은 너를 좀먹는다. 그리고 그 책임감을 따르는 사람들에게도 좋을 것이 없다. 혼자 감당하기 어렵다면 나눠줘라."

"어려운 얘기군요."

"어렵지요. 하지만 조금씩 알 것도 같습니다. 내가 편해야 남도 신경 쓸 수 있다는 것을 조금씩 느끼고 있는 중입니다."

영호광의 말에 천보도 옅은 미소를 지었다. 마치 자신에게 들으라고 하는 말 같았기 때문이었다.

"부조장은 결정을 내렸습니까?"

"저야 내렸지요. 그렇기에 조금은 홀가분하게 조원들의 결정을 기다리고 있습니다. 하지만 전 조원들이 저와 같은 결론을 내릴 거라고 예상하고 있습니다."

"왜 그렇게 생각하십니까?"

천보의 물음에 영호광이 당연한 것 아니냐는 듯 대답했다.

"우리는 하나니까요."

그날 저녁.

조원들이 한자리에 모였다. 천보 역시 그들과 자리를 함께하고 있었다.

여느 때와 같은 광경, 그리고 같은 분위기.

하지만 천보 모르게 조원들은 서로가 서로에게 눈짓을 하고 있었다.

그것을 눈치챈 영호광이 말문을 열었다.

"조장, 조원들이 할 말이 있는 모양입니다."

영호광의 갑작스러운 이야기에 조원들이 화들짝 놀랐다. 올 것이 왔다는 듯 잔뜩 긴장한 표정이었다.

영호광의 말에 천보는 조원들이 결론을 내렸음을 알아차렸다.

"말씀해 보십시오."

천보의 말에 영호광이 조원들을 쳐다보았다. 하지만 누구 하나 선뜻 먼저 나서서 말하는 사람이 없었다.

결국 이번에도 영호광이 먼저 입을 열었다.

"제 결론을 말씀드리려고 합니다."

"예, 듣겠습니다."

"저는 조장을 따르렵니다. 조장이 내린 결론과 제가 내린 결론이 같다는 뜻입니다."

영호광의 말에 조원들이 조금 술렁이기 시작했다. 하지만 그에 아랑곳하지 않고 영호광이 말을 이었다.

"해산하면 끝입니까? 아닙니다. 비록 서로 뿔뿔이 흩어져 연락도 자주 못 하고 얼굴도 자주 보지 못할 수는 있습니다. 하지만 우리는 지금까지 함께 지내온 시간이 있습니다. 그것이면 충분하지 않습니까? 게다가 지금은 전시입니다. 각자의 사문과 가문으로 돌아가서 몸과 마음을 회복하고 나면 다시 만나게 될 거라고 생각합니다."

영호광의 말에 이번에는 위지강이 나섰다.

"저도 그런 생각을 했어요. 우리가 흩어진다 한들 같은 조원이 아니었던 건 아니라고. 그리고 다시 무림맹의 부름을 받았을 때 우리가 다른 부대에 들어가게 될까요? 그러고 싶을까요? 우리를 가장 잘 아는 사람은 우리고 우리가 하나로 뭉쳤을 때만이 모든 것을 발휘할 수 있을 거라고 생각합니다. 그리고 또 한 가지."

위지강이 잠시 말을 끊자 사람들이 그를 쳐다보았다.

"서윤 형님이 살아 있지 않습니까?"

그의 말에 조원들 모두가 고개를 끄덕였다. 잠시 잊고 있었지만 서윤이 살아 있다는 건 흩어진다 한들 다시 뭉칠 수 있는 구심점이 있다는 뜻이었다.

"폐관에 들어갔다 하지만 형님은 결국 다시 우리를 찾을 겁니다. 형님은 그런 사람이니까요. 살아 있음에도 우리를 바로 찾아오지 않은 건 그만한 이유가 있을 거라고 생각해요. 우리 그런 얘기했잖아요. 짐이 되지 말자고. 하지만 지금 우리는 짐이 될 수밖에 없어요. 그러니 돌아가 정신을 추스르고 실력을 키워 그때 가서 다시 모여요. 짐이 되지 않을 때."

다른 사람은 말할 것도 없었다. 나이는 이곳에서 제일 어리지만 가장 많은 고민을 한 듯한 위지강의 이야기는 설득력이 있었다.

"다들 같은 생각이십니까?"

천보의 말에 조원들 모두가 고개를 끄덕였다.

"알겠습니다. 날이 밝으면 이 결정을 맹주님과 군사님께 전달하겠습니다."

천보의 목소리는 덤덤했다. 그리고 조원들의 표정도 아쉬워하거나 슬퍼하는 표정이 아니었다.

그들이 생각한 대로, 그들이 말한 대로 끝이 아니었기에.

다음 날 천보는 맹주실을 찾았다.

이제 막 집무실에 도착해 하루 일과를 시작하려던 종리혁은 말도 없이 찾아온 천보를 보며 어리둥절한 표정을 지었다.

"드릴 말씀이 있어서 찾아왔습니다."

"이렇게 이른 시간부터? 일단 앉게."

종리혁이 권한 자리에 앉은 천보는 잠시 망설이다가 어렵사리 입을 열었다.

"저희 조를 해산하고 각자 사문과 가문으로 돌아가려고 합니다."

"뭐?"

전혀 예상하지 못한, 갑작스러운 이야기였기에 종리혁은 굉장히 당황한 것 같았다.

"갑자기 왜……."

"이렇게 갑작스럽게 말씀드려서 죄송합니다. 하지만 저희는 제법 오랜 시간 고민하고 내린 결정입니다."

천보의 말에 잠시 감정을 추스른 종리혁이 입을 열었다.

"일단 이유나 좀 들어보지."

"저희는 의협대 첫 임무를 맡았을 때부터 지금까지 쉼 없이 달려왔습니다. 정신적으로도 많은 충격을 받았지만 그것을 다스릴 시간도 없이 스스로를 한계까지 몰아붙였지요."

"그랬지."

"그러다 보니 성장은 할 수 있었으나 저희는 망가져 가고 있었습니다. 정신적으로도 그렇고 육체적으로도 그렇고. 그것을 뒤늦게 깨달았고 무너지지 않기 위해 휴식이 필요하다고 판단했을 뿐입니다."

"휴식이라."

종리혁이 살짝 인상을 찌푸렸다. 사실 그들을 지금껏 무림맹에 데리고 있으면서 많은 배려를 했다.

천보의 말대로 아직 젊은 나이에 너무나 많은 일을 겪었기 때문이었다. 그들 나이에 감당하기 힘든 일이었고 그것에 대한 책임은 어쨌든 맹주인 본인이 져야 했기 때문이었다.

하지만 그것도 어디까지나 최소치와 최대치의 선이 존재하는 법이었다.

지금까지는 선을 넘는 배려를 해주었다.

그리고 이번 강서성의 일로 그들 역시 한 명의 무인으로서 제 몫을 할 수 있다는 판단이 섰다.

그런데 해산하고 사문과 가문으로 돌아가겠다고 하니 울컥 화가 나기도 했고 답답하기도 했다.

"자네들은 무인일세. 사문과 가문을 떠나 강호로 나온 그 순간부터. 그리고 나를 비롯한 무림맹은 자네들에게 충분한 배려를 해주었다고 생각하네."

"물론입니다. 그 점에 정말 감사하게 생각하고 있습니다."

"하지만 언제까지고 자네들을 싸고 돌 수는 없네. 지금은 전시야. 작은 전력이라도 투입해 만약의 사태에 대비해야 한 단 말일세. 무슨 뜻인지 알겠는가?"

"알고 있습니다. 그것 때문에 고민이 많았습니다."

종리혁은 계속해 보라는 듯 가만히 천보의 말을 듣고 있었 다.

"자신은 본인이 가장 잘 아는 것처럼 저희는 저희가 가장 잘 압니다. 지금은 맹주님께서, 그리고 군사님께서 저희에게 해주신 것을 다 갚을 상태가 못 됩니다. 도망치겠다는 것이 아닙니다. 돌아가서 회복한 뒤에는 맹주님께서 부르시면 조원 모두가 언제든 달려올 것입니다. 조금의 시간을 더 달라고 말 씀드리는 겁니다."

"후……."

종리혁이 심호흡을 했다. 그러자 천보가 말을 이었다.

"그리고 서윤 시주가 있습니다."

"서윤?"

"예. 폐관이 끝나면 서윤 시주는 우리를 찾을 겁니다. 맹주 님의 부름이 아니더라도 그전에 서윤 시주가 우리를 찾는다 면 저희는 언제든 그 부름에 응할 겁니다. 그런 각오가 되어 있기 때문에 그 각오에 걸맞은 준비를 하기 위해 떠나려는 것 입니다."

천보의 이야기를 모두 들은 종리혁이 가만히 눈을 감았다. 어떻게 해야 할지 갈피를 잡기 어려웠다.

다시 눈을 뜬 종리혁은 천보의 눈을 바라보았다.

흔들림 없는 눈동자. 확고한 의지가 비치는 눈빛이었다.

종리혁은 그들의 고집을 꺾을 수 없겠다는 느낌이 들었다. 그에 결국 고개를 끄덕일 수밖에 없었다.

"자네들을 보내는 건 우리에게는 큰 손실일 수도 있네. 하지만 자네가 말했던 것처럼 그 이후에 우리에게 더 큰 기쁨을 가져다줄 것이라 믿고 자네의 부탁을 들어주겠네."

"감사합니다."

천보가 자리에서 일어나 합장을 하며 고개를 숙였다. 종리혁은 말없이 고개만 끄덕였다.

천보가 숙소로 돌아오자 조원들 모두가 그를 쳐다보았다. 그가 어디에 다녀왔는지 알고 있었기 때문이었다.

숙소로 돌아온 천보는 조원들 한 명 한 명과 눈을 마주쳤다. 마지막 위지강까지 바라본 천보가 입을 열었다.

"현 시간부로 의협대 삼 조는 해산합니다."

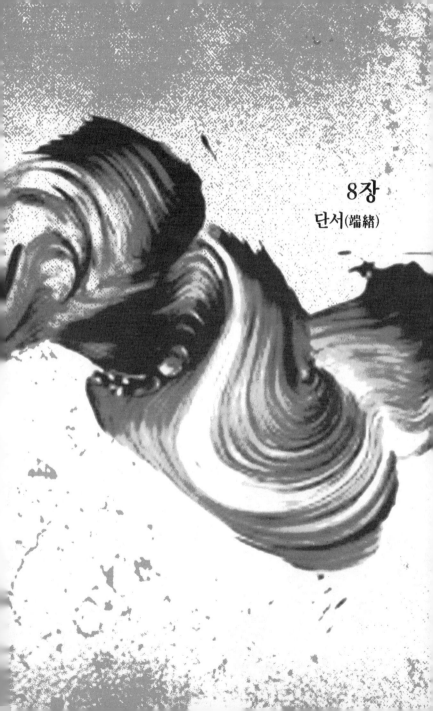

8장
단서(端緒)

風神 徐閏

풍신 서윤

　서윤은 가부좌를 틀고 앉아 운기를 하고 있었다.

　그리고 다른 한쪽에서는 설백이 설시연의 검법을 살피고 있
었다.

　설시연은 진지한 표정으로 여의제룡검을 펼치고 있었는데
확실히 그전과 달리 더욱 날카롭고 위력적인 검초를 뽐내고
있었다.

　하지만 설백의 표정은 어딘지 모르게 불만족스러워 보였
다.

　"그만하거라."

설백이 나직이 말했다. 그러자 설시연이 검을 멈추고 설백에게 다가갔다.

"많이 늘었구나."

설백에게서 오랜만에 듣는 칭찬에 설시연의 표정이 밝아졌다. 하지만 칭찬은 그것으로 끝이었다.

"하지만 아직 부족한 점이 많구나."

"알려주세요."

설시연의 말에 설백이 서윤을 힐끗 쳐다보았다.

"기분이 나쁠지도 모르겠구나, 이런 얘기를 하면."

"괜찮아요. 해주세요."

그녀의 말에 설백이 다시 입을 열었다.

"지금까지 윤이와 너를 비교한 적이 한 번도 없을 것이다. 왜 그런지 아느냐?"

"제가 기분 나빠할까 봐 그러셨나요?"

설시연의 물음에 설백이 가만히 고개를 저었다.

"그것도 이유 중 하나지만 아주 작은 이유에 불과하단다. 무릇 비교란 비슷한 두 가지를 두고 하는 것이지. 너와 윤이의 차이가 비교라는 것을 할 수 없을 만큼 벌어져 있었기 때문이다."

설백의 말에 설시연은 입을 꾹 다문 채 고개를 끄덕였다.

"그런데 이번에는 비교를 좀 하려고 한다. 이는 네 실력이

많이 늘었기 때문이기도 하지만 네 현재 실력을 정확히 짚고
넘어갈 필요가 있겠다는 생각이 들었기 때문이다."

"네."

"윤이와 너와의 가장 큰 차이점이 무엇인지 아느냐?"

"잘 모르겠어요."

설시연의 말에 설백이 차근차근 설명을 시작했다.

"윤이와 네가 걸어온 길은 많이 다르다. 윤이는 더욱 많은
경험을 하고 그것을 통해 얻은 깨달음이 있었지. 그것은 결코
쉽게 채울 수 없다. 하지만 내가 말하려는 것은 다른 데 있
다."

설백의 말에 설시연은 귀를 세우며 집중했다. 자신이 가
장 궁금해하고 자신에게 가장 필요한 이야기였기 때문이었
다.

"윤이의 무공은 세 가지다. 풍령신공, 풍절비룡권, 쾌풍보.
그리고 너 역시 천우신공(天宇神功)을 바탕으로 여의제룡검과
추혼보를 익혔다. 큰 골격이 비슷하지. 한데 결정적 차이는 여
기에 있다. 윤이는 이 세 가지 무공을 하나의 무공처럼 펼쳐
낸다. 내공심법을 중심으로 보법과 권법이 하나가 되는 것이
다. 하지만 연이 너는 그러지 못하고 있어. 진기의 운용과 검
법, 그리고 추혼보가 따로 논다는 뜻이다."

"저도 느끼고 있었어요. 그리고 답답했어요. 아무리 수련해

도 어떻게 해야 할지 감이 잡히질 않았거든요. 가가, 아니, 서윤과 함께……."

자신도 모르게 서윤을 가가라 부른 설시연은 얼른 말을 고쳤다. 서로의 마음을 확인하고 수련을 시작한 후로 둘이 함께 있는 시간이 늘어나다 보니 자연스럽게 가가라 부르게 되었고 그것이 입에 붙어버린 것이다.

설백 앞에서 조심한다고 했지만 결국 실수를 해버린 그녀였다. 하지만 설백은 그녀가 실수하기 전부터 두 사람의 관계를 눈치채고 있었다.

"젊은 남녀가 만나면 정도 들고 사랑도 하는 건 자연스러운 게다. 부끄러워 할 일이 아니야. 게다가 저런 아이를 만나기도 쉽지가 않지."

설백이 흐뭇한 미소를 지었다. 하지만 부끄러움에 얼굴이 화끈 달아오른 그녀가 서둘러 말을 돌렸다.

"함께 얘기해 봐도 답이 나오질 않더군요."

"그건 윤이도 네게 무언가를 정확히 집어줄 만큼 무학에 대한 정립이 제대로 되지 않았기 때문이다. 경험을 통해서 하다 보니 된 게지. 그만큼 그동안 치열했다는 증거란다."

그렇게 말하며 설백이 운기 중인 서윤을 쳐다보았다.

"각설하고. 익힌 무공이 따로 노는 것은 여러 가지 이유가 있을 수 있다. 숙련도가 떨어지기 때문일 수도 있고 무공에 대한 이해가 낮기 때문일 수도 있다. 연이 너는 후자에 속하지. 이해도를 높이려면 생각을 많이 해야 한단다. 방법론적인 생각이 아니야. 무공 본질에 대한 생각을 하는 것이 중요하다. 연이 너는 어떻게 해야 할까를 생각하겠지만 윤이는 아니었을 것이다. 원리를 파고들었겠지. 그 차이란다."

설시연이 아리송한 표정을 지었다. 딱 와 닿는 무언가가 없었다. 아직은 멀게 느껴지는 말이었다.

"생각해 보아라. 진기는 검법에도 영향을 주고 보법에도 영향을 준다. 그리고 보법은 검법에 영향을 미치지. 검법 역시 마찬가지다 보법에 영향을 미치는 법이다."

"보법은 검법을 펼치기 위한 보조 수단일 뿐이잖아요."

설시연의 말에 설백이 고개를 저었다.

"보법도 엄연히 하나의 무공으로서 존재하는 것이다. 어떻게 검법을 펼치느냐에 따라 보법도 달라진다. 반대도 마찬가지고. 심법과 보법, 검법은 서로에게 영향을 미친다. 그렇다면 어떻게 해야 할까?"

설시연이 인상을 찌푸렸다. 그러자 설백이 미소와 함께 가볍게 한 마디 툭 던졌다.

"아무것도 생각하지 않으면 된다."

"아까는 생각해야 한다고 하셨잖아요?"

"연이 네가 생각해야 할 것을 내가 설명해 주지 않았느냐?

검법을 펼치는 데 신경을 쓰면 진기와 보법이 미흡해지고 진기에 신경을 쓰면 검법과 보법이 미흡해진다. 어느 하나에 정신을 쏟을 수 없다면 그 어떤 것에도 신경을 쓰지 않으면 돼."

"어렵네요."

"어렵지. 하지만 어렵지 않다. 연이 너는 네 걸음걸이에 신경 써본 적이 있느냐? 숨 쉬는 것에 신경 써본 적 있느냐? 심장이 뛰는 것, 팔이 움직이는 것 등 네 몸에서 일어나는 모든 것에 신경 써본 적이 없을 것이야. 하지만 네 몸은 언제나 제자리에서 묵묵히 자신이 해야 할 일을 다하고 있다. 무공 역시 마찬가지야. 네가 익히고 있는 검법, 심법, 보법 모두 네가 의식하지 않아도 제 역할을 다 하게끔 해야 한다는 게다."

"그럼 반복 수련을 해야겠네요."

"아니지. 넌 이미 그 단계가 지났단다. 하지만 왜 잘 되지 않을까?"

"글쎄요."

"그건 네 마음 때문이다. 신경 쓰지 않으면 안 될 것 같은 불안감, 압박감. 믿음이 없기 때문이지. 너 자신이 스스로를 아직 믿지 못하기 때문에 불안하고 불안하니 계속 어느 한쪽에 신경을 쓰는 게다. 걷는 게 불안하면 한 걸음 내디딜 때마다 신경을 쓰겠지. 하지만 걷는 게 자연스러워지면 신경 쓰이지 않지 않느냐? 같은 이치다. 너 자신을 믿어. 지금까지 네가 흘려온 땀과 노력, 그것을 믿어라."

설백의 말에 설시연은 가만히 고개를 끄덕였다. 믿음이 부족하다는 그의 말, 그것이 가장 와 닿았다.

"해볼게요."

"그래. 이 할애비는 잠시 쉬어야겠구나. 가서 낭군님 얼굴 보면서 쉬거라."

"할아버지!"

설백의 장난기 섞인 말에 설시연이 새빨개진 얼굴을 한 채 소리를 빽 질렀다.

시간이 빠르게 흘렀다.

폐관 수련에 들어간 지 삼 개월. 그사이 눈에 띄게 성장한 것은 역시나 설시연이었다.

서윤은 사실 본인 스스로 깨달음을 통해서 성장해야 하는 단계였지만 설시연은 아니었다.

직접 몸을 움직이고 설명을 들어 이해를 바탕으로 성장해야 하는 단계였기에 성장 속도가 더 빠를 수밖에 없었다.

설시연은 추월당하고 벌어진 격차를 빠르게 좁히고 있었다.

서윤과 설시연은 설백이 보는 앞에서 대련을 하고 있었다.

아니, 대련이라기보다는 설시연은 열심히 공격을 하고 서윤은 그것을 피하며 그녀의 실력을 끄집어내고 있었다.

확실히 설시연이 펼치는 여의제룡검은 진일보해 있었다.

이전까지 그녀가 펼쳤던 검법과 지금 펼치는 검법이 전혀 다른 검법인 것 같았다.

그럼에도 불구하고 서윤은 그녀의 검초를 여유롭게 피하고 있었다.

비록 설시연에 비해 성장 속도가 느리다 하나 그 역시도 설백과의 대화를 통해, 그리고 사색을 통해 무학에 대한 이해도와 깊이가 많이 늘어 있었다.

그러다 보니 보이지 않던 것이 보이게 되었고 느끼지 못했던 것을 느끼게 되었다.

억지로 상단전을 열었지만 조금씩 쌓이는 깨달음을 통해 상단전의 진정한 효능을 조금씩 맛보고 있는 서윤이었다.

쉬쉬쉭!

설시연의 백아가 춤을 추었다.

부드러운 곡선을 그리는가 싶더니 깔끔한 직선으로 찔러 들어왔다.

곡선과 직선이 그리는 조화가 상당한 위력으로 서윤을 압박하고 있었다.

무엇보다 고무적인 것은 설백이 지적했던 부분이었다.

심법과 보법, 검법이 하나가 되지 못한다는 설백의 지적이 있은 후로 그녀는 절치부심했고 지금은 만족스럽지는 않지만 확실히 나아진 모습을 보이고 있었다.

설시연의 표정은 진지했다.

서윤과 대련을 시작한 후로 한 번도 그의 옷자락에 검끝이 닿은 적이 없었다.

오기가 생겼다. 하지만 예전 같으면 이럴 때 떠올렸을 생각을 하지 않고 있었다.

설백이 말했던 것.

자신에 대한 믿음이 부족하고 불안해하는 것.

'어떻게 해야 할까?'라는 방법론적인 생각.

설시연은 그것을 지웠다.

오로지 지금 이 순간에는 자신이 익힌 모든 것을 쏟아붓는다는 생각으로 집중했다.

그녀의 움직임이 점차 변하기 시작했다.

속도, 정교함, 예리함 등.

여의제룡검이 가지고 있는 본래의 모습이 껍질 하나를 더 벗어내며 드러나고 있었다.

서윤은 기뻤다.

자신이 가르친 것은 아니었지만 설시연이 성장하는 순간을 보는 것이 그렇게 기쁠 수가 없었다.

설시연의 그런 변화를 지켜보는 설백의 표정도 한층 밝아져 있었다.

기쁜 마음과 함께 마음 한편에는 미안한 마음도 들었다.

자신이 진작 봐주었으면 더 빨리 더 높이 성장할 수 있었을 것이라는 생각 때문이었다.

설백은 가만히 눈을 감았다가 떴다.

조금 늦기는 했지만 이제라도 자신이 가진 모든 것을 쏟아부을 생각이었다.

그러는 사이 대련을 끝낼 때가 되자 서윤이 손을 쓰기 시작했다.

그러자 설시연의 움직임이 흔들렸다.

피하기만 할 때에는 집중하며 자신의 모든 것을 펼쳐 보였지만 상황에 변화가 오자 집중력이 흐트러진 것이었다.

문제는 그녀가 서윤과의 대련 도중 작은 성취를 이뤄 펼쳐내는 검법에 제법 강한 위력이 실려 있다는 것이었다.

서윤 나름대로 그녀를 제압하고자 했으나 오히려 집중력이 흐트러져 흔들리는 움직임 속에서 펼쳐지는 그녀의 검법을 쉽게 제압하기가 어려웠다.

작은 성취를 이루었으나 아직 온전히 자신의 것으로 만들이 못한 까닭에 그녀 스스로가 제대로 제어를 할 수 없었던 것이다.

서윤은 난감했다. 그렇다고 해서 그녀를 다치게 하면서까지 억지로 제압할 수도 없는 노릇이었다.

'어쩔 수 없지.'

그렇게 생각하며 서윤이 조금 무모하게 움직였다. 달려드는 그녀의 검을 피하거나 막지 않고 그녀의 품으로 파고들었다.

팍!

서윤의 어깨에 피가 튀었다. 그에 당황한 설시연의 움직임이 더욱 흔들렸다.

하지만 서윤의 표정에는 변화가 없었다.

이미 예상했던 바. 그녀의 품으로 파고든 서윤은 자세를 더욱 숙여 그녀의 뒤쪽으로 돌아가 뒤에서 그녀를 안았다.

"어맛!"

설시연이 깜짝 놀라 짧은 비명을 질렀다.

갑자기 서윤이 뒤에서 안아오니 당황스럽기도 했고 피가 튄 어깨가 걱정되기도 했다.

그때 뒤에서 안은 채로 서윤이 설시연의 귓가에 소근거렸다.

"아직은 미흡하네요."

그에 설시연의 얼굴이 더욱 빨개졌다.

"괘, 괜찮아요? 많이 다친 거 아니에요?"

"괜찮아요, 이 정도는."

미소와 함께 대답한 서윤이 그녀를 놓아주었다. 그러자 설시연이 재빨리 돌아서서 서윤의 어깨를 살폈다.

"동이 있잖아요. 이 정도는 하룻밤 자고 나면 괜찮아져요."

"왜 그랬어요? 충분히 피할 수 있었잖아요."

"안 그랬으면 오히려 누이가 다쳤을 거예요."

"그래도."

걱정스러운 표정을 짓는 설시연을 보며 서윤이 다시 미소를 지었다.

"종조부님께서 자신을 믿어야 한다고 그랬다면서요. 누이 자신을 믿는 것도 중요하지만 저를 믿는 것도 중요해요. 전 일찍 죽고 싶은 마음 없어요. 누이랑 오래 살고 싶으니까."

서윤의 말에 설시연의 얼굴이 다시 빨개졌다.

"험! 험!"

그때, 분위기를 깨는 헛기침 소리가 들려왔다. 그제야 설백이 지켜보고 있다는 걸 깨달은 설시연의 얼굴이 더욱 빨개졌다.

"청춘이구나, 청춘이야. 좋을 때지."

설백의 말에 설시연은 고개를 푹 숙인 채 들지 못했다. 그러는 사이 설백의 곁에서 지켜보고 있던 동이 서윤에게 다가왔다.

"어깨를 좀 보겠습니다."

그에 서윤은 순순히 자신의 어깨를 동에게 내주었고 슬쩍 본 동이 아무렇지도 않게 말했다.

"그렇게 눈물을 글썽일 정도로 심한 상처는 아닙니다. 그냥 약 한 번 바르면 되니 걱정 마십시오."

동의 말에 서윤과 설시연이 서로를 쳐다보다가 신기하다는 눈빛으로 동을 바라보았다.

하지만 동은 말없이 서윤의 어깨에 약을 바르더니 다시 설백의 곁으로 발걸음을 옮겼다.

"동이 저런 말도 할 줄 알다니."

"그러게요. 저도 처음보네요."

그렇게 말한 두 사람은 동을 보며 미소를 지었다.

평소 감정을 잘 드러내지 않는 동이었지만 두 사람의 모습을 보니 부럽긴 한 모양이었다.

*   *   *

"헉! 헉! 헉!"

거지 한 명이 거친 숨을 몰아쉬며 숲길을 빠르게 달리고 있었다. 앞만 보고 달리던 거지가 슬쩍 뒤를 돌아보았다.

뒤쪽에는 빠른 속도로 거리를 좁히며 그를 쫓는 또 다른 거지들이 있었다.

살벌한 기세를 풍기며 달려오는 거지들을 보며 앞서 달리는 거지는 눈을 질끈 감은 채 있는 힘을 다해 달렸다.

하지만 거리는 점점 더 좁혀지기만 할 뿐이었다.

앞서 달리는 거지가 빠르게 주변을 살폈다. 제대로 보기 어려울 정도로 지나가는 나무들.

무엇을 찾는 것인지 거지는 연신 주변을 두리번거렸다.

그런 거지의 앞에 쓰러진 나무가 하나 보였다.

있는 힘껏 뛰어야만 넘을 수 있는 높이. 거지는 그것을 보고 눈을 빛냈다.

거지가 다시 한 번 슬쩍 뒤를 돌아보았다.

뒤쫓는 거지들과의 거리는 약 다섯 장. 그것을 확인한 거지가 품에 손을 넣었다.

탁!

거지가 땅을 박차고 뛰어 올랐다.

몸이 나무를 뛰어 넘는 동안 팔은 나무를 감싸며 허공에 떠 있는 시간을 최소화하고 있었다.

나무를 뛰어 넘은 거지가 발이 땅에 닿는 순간 튀어져 나갔다.

"큭!"

하지만 디딜 때 잘못 디뎠는지 얼마 가지 못해 발이 꼬이면서 넘어졌다.

그사이 무서운 속도로 거리를 좁혀오던 다른 거지들에게 결국 붙잡히고 말았다.

"아~ 이 개새끼. 발은 더럽게 빠르네."

가장 빨리 달려와 붙잡은 거지가 넘어진 거지의 뒷깃을 잡아 일으키려 했다.

찌이익!

그 순간 넘어진 거지의 옷이 그대로 찢어졌다. 그러자 그 틈을 놓치지 않고 넘어졌던 거지가 다시 튀어 나갔다.

"씨발 진짜. 이 뒷간 똥통에 빠져 죽을 새끼!"

생소한 욕을 내뱉은 거지를 선두로 뒤따르던 거지들이 일제히 달려 나갔다.

그들이 사라지고 한참 뒤.

아까 그 쓰러진 나무 근처에 누군가가 나타났다. 바로 호걸개였다.

호걸개는 거지들이 달려간 방향을 물끄러미 바라보았다.

"미안하다. 그리고 고맙다."

그렇게 중얼거린 호걸개가 곧장 쓰러진 나무 밑쪽을 들여다보았다.

거기에는 작은 종이 쪽지 하나가 있었다.

아까 그 거지가 나무를 감싸안듯 감으며 뛰어 넘은 것은 이 쪽지를 나무 밑에 꽂기 위함이었다.

호걸개는 서둘러 그 쪽지를 펼쳐보았다.

진황도(秦皇島)

"진황도?"

호걸개가 인상을 찌푸렸다. 산해관과 인접한 곳에 있는 진황도는 만리장성의 시작점이 되는 곳이었다.

"그곳에 있단 말이지."

그러고는 쪽지를 품에 넣고 서둘러 그 자리에서 벗어났다.

섬서 분타로 돌아온 호걸개는 책상 위에 진황도라는 세 글자가 적힌 종이를 놓고는 빤히 바라보고 있었다.

"진황도……. 그런 곳에 방주를 가둬놨다니."

호걸개가 답답하다는 듯 중얼거렸다.

수하가 목숨을 걸고 빼내온 정보였다. 확실하지 않으면 그러지 않았으리라.

"까다롭겠어."

그렇게 중얼거린 호걸개가 자세를 고쳐 앉으며 다시 중얼거렸다.

"어디보자. 산해관 변방 쪽이란 말이지. 관군들의 눈은 어떻게 피했지?"

진황도는 아무나 오갈 수 있는 곳이긴 했지만 엄연히 따지면 나라에서 관리하는 곳이었다.

그곳에 방주를 가둬두었다면 누군가가 지키고 있을 터.

그렇다면 변방을 지키는 관군들의 눈에 띄지 않았을 리가 없었다.

이것은 무슨 수를 썼다는 뜻, 하지만 어떤 방법을 사용했는지 알아내기란 훨씬 더 어려울 것이 분명했다.

"방법이 없네, 방법이……."

그렇게 중얼거리던 호걸개는 봉황곡 살수들을 떠올렸다. 서윤이 폐관에 들어간 후 자신을 도와 여러 가지 일들을 해주고 있었다.

하지만 호걸개는 이내 고개를 저었다.

아무리 은밀하게 움직일 수 있는 살수라지만 개방에서 마음먹고 감시하면 발각될 수밖에 없었다.

개방에서도 알아차리지 못하도록 은밀하게 알아볼 수 있는 방법을 찾아야만 했다.

"하……."

호걸개가 깊은 한숨을 내쉬면서 머리를 쥐어뜯었다. 아무리 생각을 해봐도 방법이 생각이 나질 않았다.

"난 그런 번뜩이는 게 없단 말이지."

그렇게 중얼거린 호걸개는 서윤을 떠올렸다.

개방의 추격을 피하기 위해 관아에 자진해서 잡혀 들어갔던 그 한 수. 전혀 생각지도 못했던 그 한 수는 실로 절묘한 수였다.

"아!"

그때의 생각을 하던 호걸개가 무릎을 탁 쳤다. 불현듯 떠오른 방법이 있었기 때문이었다.

"그 방법이 있었군."

곧장 자리에서 일어난 호걸개가 밖으로 나갔다.

*   *   *

관치원은 평소와 다를 것 없는 하루를 보내고 있었다.

그의 관할에서 특별히 벌어지는 일이 없었기에 더할 나위 없이 편안한 나날을 보내고 있었다.

"나리, 서찰이 하나 도착했습니다."

집무실 밖에서 들려온 수하의 목소리에 관치원이 의아한 표정을 지었다.

"서찰? 가져와라."

관치원의 말에 수하가 서찰을 가지고 들어왔다.

"누가 보낸 서찰이더냐?"

"누군지는 모르겠습니다. 다만 웬 거지 한 명이 가지고 와

꼭 전달해 달라고 신신당부를 했습니다."

"거지가?"

당최 누가 보낸 것인지 감이 오질 않는지 관치원이 고개를
갸웃거리며 서찰을 건네받았다.

안녕하십니까.

제가 기억나실지 모르겠습니다. 예전에 서윤 소협과 함께 옥사
에 갇혀 있던 호걸개입니다.

호걸개라는 말에 관치원이 눈을 빛냈다. 그러고는 계속해서
서찰을 읽어 내려갔다.

이렇게 서찰을 쓰는 이유는 염치없이 부탁드릴 것이 하나 있어
서 그렇습니다.

얼추 들어서 알고 계시겠지만 현재 개방은 배신을 하고 마교 쪽
에 가담한 묵걸개 장로가 장악하고 있는 상황입니다.

이런 상황을 타개하기 위해서는 방주의 신원 확보가 중요한 일
인데 묵걸개가 방주를 어느 곳에 감금해 두고 있습니다.

어렵게 알아낸 바로는 현재 방주가 진황도에 감금되어 있다는
것입니다.

"진황도? 그곳은 관병이 관리하는 곳일 텐데."

관치원도 뭔가 이상하다는 것을 느꼈는지 살짝 인상을 찌푸렸다.

저보다 잘 아시겠지만 진황도는 관병이 관리하는 곳입니다. 그런데 그런 곳에 감금했다면 분명 어떤 식으로든 관병의 눈을 속이는 방법을 사용했을 것이라 생각됩니다.

하지만 저나 저를 따르는 몇 안 되는 수하들이 진황도를 조사하기에는 여러 가지 제약이 따르는 상황입니다.

때문에 방법을 고민하다가 문득 생각이 나 이렇게 서찰을 보냅니다.

정도 무림의 명운이 달린 일입니다. 부디 도움을 주시기 바랍니다.

서찰을 끝까지 읽은 관치원은 수하를 물리고는 고민에 잠겼다.

비록 자신이 관직에서 제법 높은 자리까지 올랐다고는 하나 진황도의 상황까지 알기에는 무리가 있었다.

게다가 진황도는 만리장성의 시작점이자 동북 변방.

그곳은 일반 관리가 가 있는 것이 아니라 황족들이 주둔하고 있는 경우가 많았다.

"후……. 그래도 도움을 주기는 해야겠지."

그렇게 중얼거린 관치원이 이내 종이에 무언가를 써 내려가기 시작했다.

시간이 제법 흘렀다.

관치원에게 서찰을 보내고 얼마 후 온 답변에는 알아봐 주겠다는 간단한 내용이 적혀 있었다.

하지만 두 달이 다 되어 가는 동안에도 진황도 쪽의 소식은 들어오지 않았다.

기다리는 소식 대신 들어오는 보고는 중원 곳곳에서 크고 작은 싸움이 계속되고 있다는 소식뿐이었다.

호걸개는 초조해졌다.

정도 무림이 마교 쪽의 공격을 막아내고 역공을 펼치기 위해서는 개방의 힘이 필수적이었다.

현재로서는 무림맹과 각 문파의 정보력을 최대한 동원해 어떻게든 버티고 있었지만 배신자들이 은밀하게 활동하며 망가뜨려 놓은 정보력에는 한계가 있을 수밖에 없었다.

마교 입장에서는 급할 것이 없었다.

천천히 정도 무림의 힘을 갉아먹으며 소모적인 싸움을 계속해 그들의 힘을 빼면 그만이었다.

전쟁에 내보내야 하는 수요는 많은데 참전할 무인이 없는 공급 부족 사태가 발생하게 되면 결국 정도 무림은 스스로 무너질 수밖에 없었다.

그나마 황보세가와 팽가, 남궁세가 등 오대 세가가 고군분투하고 있었고 사천 땅의 삼룡인 당가와 청성, 아미가 아래쪽에서부터 적들을 압박하고 있는 덕분에 간신히 버티고 있는 것이었다.

개방을 묵걸개의 손아귀에서 빼낸다 하더라도 정상화하기까지는 상당한 시간이 걸리겠지만 그래도 개방이 어느 정도 역할을 해준다면 지금보다 훨씬 더 수월한 싸움을 이어나갈 수 있었다.

'묵걸개. 그 영감탱이한테 제대로 당했어.'

호걸개가 으스러지도록 주먹을 쥐었다. 아직도 그날의 충격을 떠올리면 이가 갈렸다.

그때 처소 밖에서 수하의 목소리가 들렸다.

"분타주님! 서찰이 도착했습니다!"

그 말에 호걸개는 기다리지 않고 직접 밖으로 나가 수하가 들고 있는 서찰을 받아 들었다.

생각보다 많이 늦어져서 미안합니다. 그래도 확실하게 해두는 게 좋을 것 같다는 생각에 직접 진황도까지 오느라 늦었습니다.

확인해 본 결과 누군가가 이곳에 있긴 한 것 같습니다. 용모파기 등은 제가 확인할 길이 없어 방주인지는 확실치 않습니다.

다만 죄목이 있었던 것은 아니었고 광인에 가까운 모습이었다고 합니다. 그냥 놔두면 백성들의 피해가 클 것 같다며 누군가가 잡아왔다고 하더군요.

일단 옥사 깊숙한 곳에 가둬 놓았다고는 하는데 정확한 사실은 좀 더 알아봐야 할 듯합니다.

관치원의 서찰을 읽은 호걸개의 표정이 복잡 미묘해졌다. 하지만 내용상 방주가 진황도에 감금되어 있다는 건 확실한 듯했다.

"문제는 어떻게 빼오느냐 하는 것이군."

옥사 깊숙한 곳에 갇혀 있다면 몰래 들어가 빼오는 것도 불가능했다. 게다가 방주가 어떤 일을 당해 광인처럼 변해 버렸다면 더더욱 그랬다.

빼낸 후도 문제였다.

과연 무엇 때문에 광인이 되었으며 그것을 치료할 수 있느냐 하는 문제가 있었다.

"어떻게든 빼내기만 한다면 의선이 있으니 도움을 청할 수도 있을 텐데……."

호걸개는 설백을 치료한 후 계속해서 대륙상단에 머물고 있는 태사현을 떠올렸다.

"산 넘어 산이로군."

그렇게 중얼거린 호걸개가 수하들에게 소리쳤다.

"진황도에 다녀올 것이다! 언제나처럼 난 뒷간도 안 가고 방에 처박혀 있는 거다!"

9장
개방 방주

風神徐閏
풍신서윤

진황도는 조금 쌀쌀한 느낌을 주었다.

유명한 관광지도 아니고 변방의 군사 요충지로서의 역할에
충실하고 있기 때문인지 그 분위기가 진황도 전체를 덮고 있
는 듯했다.

그나마 조금 활발한 곳을 찾으라면 진황도에 있는 커다란
항구였다.

그곳을 드나드는 무역선이 제법 많은 터라 그 주변만큼은
활기찬 분위기가 있었다.

항구와 가까이 있는 객잔.

워낙 다른 나라에서 찾는 사람들도 많은지라 중원의 다른 객잔들과는 내부 분위기가 많이 달랐다.

객잔은 제법 높이가 있었다.

찾는 사람이 많으니 건물이 크고 높은 것은 당연했다. 아래 층은 사람들이 바글바글하여 시전인지 객잔인지 모를 정도로 복잡했다.

하지만 꼭대기 층은 한산했다.

워낙 자리 값이 비싸기도 했지만 지금 그곳에 앉아 바다를 바라보는 사람 때문이기도 했다.

꼭대기 층으로 올라오는 계단 쪽에는 혹시나 누군가가 올라오면 그를 막기 위해 병사들이 서 있었다.

여유롭게 찻잔을 기울이며 바다를 바라보는 사내는 이곳 진황도의 도사(都司 : 도지휘사사, 군사 담당)인 곡방(谷邦)이었다.

다른 지역은 안찰사(按察使), 포정사(布政司), 도사가 동등한 위세를 가진 반면, 변방인 이곳에서는 도사가 조금 더 높은 위세를 누리고 있었다.

"누구십니까."

여유롭게 차를 즐기던 곡방은 밖에서 들려오는 병사들의 목소리에 인상을 찌푸렸다.

온전히 자신만의 시간을 누리다가 방해받았다는 생각 때문이었다.

"무슨 일이냐!"

곡방의 날카로운 목소리에 밖에 있던 병사 한 명이 서둘러 다가왔다.

"누군가가 도사님을 만나고자 합니다."

"나를? 누구라고 하더냐."

"광서성에서 온 첨사(僉使)라고 합니다."

"광서성? 첨사?"

머나먼 광서성에서 자신을 찾아온 자가 관직에 있는 첨사라고 하니 곡방은 의아한 표정을 지었다.

굳이 진황도와 광서성을 놓고 보자면 끝과 끝이라 할 수 있었다. 그런데 이 먼 곳까지 직접 찾아올 이유가 무엇이란 말인가.

"들이거라!"

곡방의 말에 병사가 고개를 숙이고 물러나더니 이내 한 사람을 데려왔다.

"광서성에서 온 첨사가 그대인가?"

"예. 관치원이라고 합니다."

관치원이 곡방에게 공손히 고개를 숙였다. 주변에서 아무리 정보를 얻으려 해도 한계에 부딪치자 군권을 담당하는 곡방을 찾은 것이다.

"일단 앉지."

곡방의 말에 관치원이 조심스럽게 자리에 앉았다.

"그래. 그 먼 광서성에서 이곳까지 찾아온 이유가 무엇인가?"

"확인하고자 하는 것이 있어서입니다."

관치원의 말에 곡방이 차를 한 모금 마셨다.

"무슨 일인지 모르겠지만 서찰 한 장이면 간단한 것을, 이 먼 곳까지 오느라 수고가 많았군."

"직접 와서 확인하는 편이 더 나을 것 같다고 생각했기 때문입니다."

관치원의 말에 옅은 미소를 지은 곡방이 말했다.

"그래. 말해보도록."

"현 무림의 정세를 아십니까?"

전혀 예상하지 못한 관치원의 질문에 곡방이 살짝 인상을 찌푸렸다. 관에 몸담고 있는 두 사람이 만나 강호 이야기라니.

"이런 변방에 있다 보면 제대로 듣지 못하는 것들이 많지. 하지만 혼란이 있다는 것 정도는 알고 있네."

"혼란 정도가 아닙니다. 자칫 나라가 위험할 수도 있는 상황입니다."

"나라가? 어차피 그들도 황제폐하의 백성일 뿐. 그들이 아무리 날고 긴다 하여도 황군을 이길 수는 없다. 또한 군부에는 그 어떤 명령도 내려오지 않았다. 그런데 나라가 위험할 정도라고?"

"예, 그렇습니다."

관치원의 대답에 곡방이 자세를 바로 하고는 관치원 쪽으로 몸을 가까이 가져갔다.

그러고는 낮은 목소리로 말했다.

"더 이야기해 보게. 만약 내가 판단하기에 그대의 말이 얼토당토않다 생각된다면 그땐 내 여유 시간을 뺏은 대가를 치러야 할 것이야."

"듣고 나시면 분명 저와 같은 생각을 하실 겁니다."

"그러니까 해봐."

곡방이 다시금 의자에 몸을 기대며 말했다.

"강호 무림은 현재 정파와 마도가 치열한 싸움을 벌이고 있습니다."

"늘 있는 일이지. 서로 이념이 다른 두 세력이 함께 있는데 어찌 충돌이 일어나지 않을까."

"이번에는 좀 다릅니다. 정파가 일방적으로 밀리고 있다 해도 과언이 아닙니다."

"어디가 이기든 우리가 신경 쓸 일인가?"

"신경 쓸 일입니다. 황군이 외세의 침략에만 신경 쓸 수 있는 이유는 강호 무림이 자체적으로 치안에 힘썼기 때문입니다."

"그건 부인할 수 없는 사실이지."

"맞습니다. 그 치안을 담당했던 이들은 정파입니다. 한데 지금은 마도가 득세하고 강호 무림 전체를 집어삼키려 하고 있습니다."

"마도가 득세해도 그들에게 치안을 맡기면 그만이다."

"그렇지 않습니다. 마도는 치안 따위에 신경 쓰지 않습니다."

"그대 말대로라면 마도가 득세했던 적은 한 번도 없다. 그런데 어찌 단정할 수 있나."

"그들의 행태를 보면 알 수 있습니다. 지금까지 정도 무림을 치면서 그들은 무고한 사람들의 목숨까지 거둬갔습니다. 그런 그들이 강호 무림의 세력을 차지한다면 어떻게 되겠습니까?"

관치원의 말에 곡방은 살짝 인상을 찌푸렸다.

"그들이 하지 않으려 한다면 하게끔 만들면 그만이다. 그들도 황군의 무서움을 모르지는 않을 터. 결국에는 하게 될 것이다."

"좋습니다. 그들이 세력을 차지한다면 그렇게 하면 됩니다. 하지만 그렇게 될지 안 될지는 모르는 일입니다. 아까 말씀하신 대로 그들이 세력을 잡았던 적이 없기 때문입니다."

그쯤 되자 곡방은 슬슬 짜증이 나기 시작했다. 그리고 그것은 말투에 고스란히 묻어났다.

"그래서 하고 싶은 말이 무엇인가? 황군을 움직이자는 어처구니없는 얘기를 하려는 건 아닐 텐데."

"물론입니다. 어찌 강호의 일에 황군을 움직일 수 있겠습니까. 정도 무림은 지금 이 위기를 이겨내기 위해 갖은 노력을 다하고 있습니다. 그리고 그 위기를 이겨낼 수 있는 단초가 이곳 진황도에 있다는 소식을 들었습니다."

"이곳에?"

"예, 정확히 말하면 이곳에 누군가가 갇혀 있다고 하더군요."

곡방이 다시 한 번 인상을 찌푸렸다.

"얼마 전 미치광이 한 명이 갇히긴 했지."

"그자의 정체가 개방의 방주일 것으로 추측하고 있습니다."

"개방? 강호의 거지 집단이라는 그 개방?"

"예. 개방은 단순한 거지 집단이 아닙니다. 무공을 익히고 정도 무림의 정보망 역할을 하고 있습니다. 그런데 내부에 있던 배신자가 개방의 방주를 빼돌리고 개방을 장악했다고 합니다."

"그 이야기를 누구에게 들었나."

"개방의 장로인 호결개에게 들었습니다."

관치원의 대답에 곡방이 헛웃음을 지었다.

"자네의 말, 뭔가 앞뒤가 안 맞는다고 생각하지 않나? 방금 개방의 변절자가 개방을 장악했다고 했지. 그런데 그 이야기를 해준 사람은 개방의 장로라고 했다. 그의 말을 어찌 믿을 수 있지?"

곡방의 반문에 관치원은 말문이 턱 막혔다.

"그렇지 않은가? 그가 믿을 만한 사람이라고 판단했을지 모르겠지만 난 아니다. 그 미치광이가 누구인지 난 관심 없다. 그리고 강호 무림이 어떻게 되든 나와는 관계없는 일이다. 그러니 이만 돌아가도록. 내 시간을 뺏은 것은 용서하겠다."

"후······."

관치원이 깊은 한숨을 쉬었다. 어려울 것이라 생각은 했지만 이처럼 설득하기 어려울 줄은 몰랐다.

그때였다. 아래층에서 소란이 들리는가 싶더니 그 소란의 진원지가 점차 가까워지고 있었다.

"또 무슨 일이냐!"

짜증이 날 대로 난 곡방이 소리쳤다. 그리고 잠시 후, 난리를 뚫고 나타난 이는 호걸개였다.

"거지라니."

곡방이 어이없다는 듯 말했다. 그에 호걸개가 포권을 하고는 말했다.

"개방의 호걸개라고 합니다. 진황도 도사를 뵙습니다."

"호걸개라……."

곡방이 관치원을 바라보았다. 하지만 관치원도 이 자리에 나타난 호걸개를 보고 놀라기는 마찬가지였다.

"관 첨사님도 몰랐을 겁니다. 연통도 없이 온 것입니다."

"좋다. 이곳에 왔다는 건 관 첨사와 같은 이야기를 하러 온 것이겠지. 같은 말을 두 번 하기는 싫다. 자세한 건 물러나서 듣도록."

곡방의 단호한 말에 호걸개가 품에서 무언가를 꺼냈다. 바로 한 장의 서찰이었다.

"얼마 전 낙향하신 허문 영감께서 보내신 서찰입니다."

"허문 영감? 어의셨던 그분을 말하는 건가?"

"그렇습니다."

곡방이 인상을 찌푸리며 호걸개로부터 서찰을 받아 들었다. 그러고는 천천히 그 내용을 읽어 내려갔다.

"이 서찰, 정말 허문 영감께서 보내신 게 맞는가?"

"그렇습니다. 연통을 보내 확인해 보셔도 좋습니다. 현재 대륙상단에 계십니다."

"대륙상단? 낙향하신 분이 대륙상단에 계신다고?"

"그렇습니다. 관직을 내려놓으신 직후 대륙상단으로 가 검왕을 치료하셨습니다. 필요하다면 확인이 끝날 때까지 기다리겠습니다."

곡방이 가만히 관치원과 호걸개를 바라보았다. 도대체 이들은 무엇 때문에 이리도 간절하단 말인가.

"좋다. 그대들의 눈빛과 허문 영감의 편지를 믿어 보겠다. 따라오도록."

그렇게 말하며 곡방이 자리에서 일어났다. 관치원과 호걸개는 다행이라는 표정을 지으며 그의 뒤를 따랐다.

객잔을 나선 곡방은 두 사람을 데리고 곧장 옥사로 향했다. 그가 다가오자 병사들이 일제히 고개를 숙였다.

"지하로 갈 것이다. 먼저 내려가 중간 문들을 다 열어놓으라 이르도록."

"예!"

대답한 병사가 서둘러 안쪽으로 들어갔다. 그리고 잠시 후, 곡방이 옥사 안으로 발걸음을 옮겼다.

그의 뒤를 따르는 동안 호걸개는 맥박이 빠르게 뛰는 것을 느꼈다.

'정말 방주일까. 방주라면? 방주가 아니라면?'

여러 가지 생각들이 머릿속을 스쳐 갔다. 그러는 사이 앞서 가던 곡방이 발걸음을 멈췄다.

"여기다."

곡방의 시선이 닿은 곳에는 두꺼운 철문이 자리 잡고 있었다.

호걸개는 주변을 한 번 훑었다.

지하에 있어 중간중간에 있는 유등이 아니라면 빛 한 줄기 들지 않는 곳. 그리고 습기가 많아 폐가 아픈 것 같다는 생각까지 드는 곳.

호걸개는 천천히 철문으로 다가가 자그마한 창으로 안을 들여다보았다.

하지만 안쪽은 어두컴컴하기만 할 뿐 무엇이 있는지 확인할 길이 없었다.

"열어주십시오."

호걸개의 말에 곡방이 곁에 서 있던 병사에게 고갯짓을 했다. 그러자 병사가 곧바로 철문을 열었다.

철컹! 끼이익!

철문이 힘겨운 소리를 내며 열렸다.

잠시 안을 들여다보던 호걸개는 철문 옆에 있는 유등을 들고 조심스레 안쪽으로 걸어 들어갔다.

한치 앞도 보이지 않을 정도로 칠흑 같은 어둠을 뚫고 손발이 모두 묶여 있는 한 사람의 모습이 보였다.

헝클어진 머리카락, 넝마가 되어 있는 옷.

숙여진 고개에 늘어진 머리카락 때문에 호걸개는 그의 얼굴을 확인할 길이 없었다.

호걸개는 조심스럽게 그의 앞에 쪼그려 앉았다. 그러고는 얼굴 가까이에 유등을 가져갔다.

철컹!

"크아아!"

고개를 숙인 채 의식을 잃은 듯 보였던 그가 갑자기 괴성을 지르며 호걸개에게 달려들었다.

호걸개는 재빨리 몸을 뒤로 뺐냈고 괴인은 팽팽하게 당겨진 쇠사슬 때문에 더 이상 호걸개에게 다가가지 못했다.

그제야 제대로 보게 된 얼굴. 호걸개의 눈동자가 흔들렸다.

얼굴을 확인한 호걸개가 유등을 놓고 자리에서 일어나서는 그에게 절을 했다.

"방주……."

그렇게 중얼거리는 호걸개의 어깨가 들썩였다. 이윽고 그에게서 흐느끼는 소리가 들렸다.

"방주……. 흑… 흑… 흑……."

어린 시절 개방에 들어가 처음 방주를 보았다. 방주는 자신이 누구인지도 모를 그런 시절이었다.

배고픔을 이기고자 들어간 개방이었다.

무공이고 매듭이고 그는 관심이 없었다. 하지만 방주를 보는 순간 배고픔을 잊었다.

어린 시절 호걸개의 눈에 비친 방주는 태산이었다.

가만히 서 있었음에도 그에게서는 특별한 무언가가 뿜어져 나왔다.

멋있었다. 그가 자신을 알아봐 주길 바랐다.

그래서 더 열심히 수련했고 더 열심히 모든 것을 배웠다.

모든 일에 앞장섰고 맡은 바 임무는 완벽하게 해냈다.

조금씩 그의 이야기가 방주의 귀에 들어가기 시작했고 결국 호걸개는 그와 마주할 수 있었다.

방주는 호걸개를 마음에 들어 했다.

만덕이라는 촌스러운 이름을 쓰고 있던 그에게 호걸개라는 이름을 준 이도 방주였다.

너무나 기뻤고 행복했다.

그렇게 최연소 장로라는 감투를 쓰게 되었다.

그랬던 사람이다. 그런데 지금 자신의 앞에 있는 자는 그때의 그 모습과는 거리가 멀었다.

이성을 잃고 마치 짐승처럼 본능만 남아 있었다.

그런 방주의 모습을 마주하고 나니 너무나 죄송스러웠다. 그랬던 그를, 자신을 예뻐하고 그에게 지금의 모습을 준 그를 한때나마 오해하고 의심했던 것이 너무나 죄송스러웠다.

흐느끼던 호걸개가 고개를 들어 방주를 바라보았다.

하지만 방주의 눈빛은 흐리멍덩했으며 자신을 알아보지 못했다.

"하… 하하… 하하하하!"

호걸개가 울음 섞인 웃음을 터뜨렸다.

밖에서 그 광경을 보고 듣고 있는 관치원의 표정도, 냉정하게 굴었던 곡방의 표정도 숙연해졌다.

묵걸개가 빼돌렸던 개방 방주.

그가 거기에 있었다.

곡방은 개방 방주를 풀어주었다.

물론 아직까지 제정신을 차리지 못하고 있었기에 손발은 묶인 상태였다.

제대로 움직이지 못하도록 묶었기 때문인지 방주의 광기는 더욱 심해진 듯했다.

방주가 보이는 광기 어린 모습에 병사들은 섣불리 다가서지 못하고 있었다. 하지만 호걸개는 방주의 옆에 붙어 있었다.

그 모습을 보던 관치원이 곡방에게 말했다.

"감사합니다."

"감사할 일이 아니다. 난 내가 납득할 만한 이유가 있으면 그대로 행한다. 저자가 보인 모습은 내가 납득할 수 있었기 때문에 그대로 행한 것뿐이다. 마음에서 우러나오지 않으면 저런 모습은 보일 수가 없지."

계속해서 자신을 깨물고 있음에도 꿈쩍하지 않고 방주의 곁을 지키는 호걸개를 바라보던 곡방이 관치원에게로 시선을 돌렸다.

"그런 의미에서 그대에게 조언 하나 하지."

"하십시오."

"설득을 할 때에는 마음을 담아. 아니면 말발을 키워 논리적으로 말할 수 있는 능력을 기르던지. 그래야 더 위로 올라갈 수 있을 테니."

곡방의 말에 관치원이 미소를 지었다.

"명심하겠습니다."

"조심히 가도록. 다음에 만날 기회가 있을지 모르겠지만 그때는 술이나 한 잔 하지."

"그러겠습니다."

관치원이 곡방을 향해 진심을 담아 고개를 숙였다. 그에 곡방은 따뜻한 미소로 화답했다.

*　　　　*　　　　*

대륙상단의 일상은 평온했다.

아직 정상화되지는 않았지만 상단은 그럭저럭 무탈하게 돌아가고 있었다.

재정적으로 예전 같지 않은 것은 어쩔 수 없었지만 설군우와 설궁도는 오히려 이런 여유를 즐기자며 긍정적으로 생각하고 있었다.

　상단에 머물고 있는 태사현 역시 관직에서 물러난 이후 처음으로 마음 편하게 쉬고 있었다.

　본디 설백의 치료가 끝나면 곧장 낙향할 생각이었으나 아직 설백의 몸 상태가 안심할 수 있는 상황도 아니었고 때마침 사질인 동이 있었기에 설백의 상태도 봐주고 동을 가르치기도 할 겸 계속해서 머무르고 있었다.

　그런 대륙상단이 조금 시끄러워졌다.

　대륙상단을 찾은 사람 때문이었는데 바로 호걸개와 관치원이었다.

　진황도를 출발해 부지런히 섬서성으로 온 그들은 곧장 대륙상단으로 향했다.

　호걸개가 왔다는 소식에 설군우가 서둘러 정문으로 나왔다.

　마차에서 내리는 그를 설군우가 어떻게 된 거냐는 시선으로 쳐다보았다.

　"오랜만에 뵙습니다, 상단주님."

　"오랜만입니다. 그런데 어디서 오시는 길입니까? 게다가 관 첨사님도 함께. 오랜만입니다, 관 첨사님."

설군우와 안면이 있는 관치원이 환하게 미소를 지으며 고개를 숙였다.

"방주님을 모시고 왔습니다."

"방주님을? 찾은 겁니까?"

"예. 여기 계신 관 첨사님의 도움이 컸습니다."

"그렇군요. 한데 방주님은 어디에……."

설군우의 물음에 호걸개가 슬쩍 마차 쪽을 쳐다보았다. 그에 설군우는 방주의 상태가 좋지 않음을 알 수 있었다.

"서둘러 방주님을 모시고 안으로 드십시오. 의선께 안내하겠습니다."

"감사합니다."

그에 호걸개가 마차로 다가가 방주를 안아 마차에서 내렸다. 망가질 대로 망가진 방주의 모습을 본 설군우는 적지 않은 충격을 받았다.

비록 방주의 모습을 직접 본 적은 없었으나 그럼에도 지금 방주의 모습은 그의 상태가 얼마나 좋지 않은지 충분히 짐작할 수 있었다.

방금 동을 데리고 수업을 마친 태사현은 잠시 휴식을 취하고 있었다. 의선이라고는 하지만 나이가 있는지라 체력적으로 힘든 것은 어쩔 수 없었다.

휴식을 취한 지 얼마 되지 않아 설군우가 찾아왔다.

"의선 계십니까?"

"예. 들어오십시오."

태사현이 앉아 있던 침상에서 일어나 문을 열었다.

"급한 일이 생겼습니다."

"무슨 일이시오? 설마… 호걸개 장로가 온 겁니까?"

"예. 한데 방주의 상태가 썩 좋지 않습니다. 얼른 가보셔야 할 것 같습니다."

"알겠습니다. 어디에 있는지 알려주시면 곧바로 가겠습니다."

"일단 객청 옆에 있는 방으로 모셨습니다."

"예. 곧 가겠다고 전해주십시오."

그렇게 말한 태사현은 진맥과 치료에 필요한 물건들을 챙겨 방주가 있는 방으로 향했다.

"음……."

방주를 본 태사현은 낮은 탄식부터 흘렸다. 의식을 차린 방주가 손발이 묶인 채로 마치 짐승처럼 으르렁거리고 있었기 때문이었다.

"정확하게 진찰을 해봐야 알겠지만 환각제와 독을 섞은 듯합니다. 자칫 치료하기에 까다로울 수도 있겠습니다."

태사현의 말에 호걸개의 표정이 어두워졌다.

"방주님을 꼭 치료해야 합니다. 어려우시겠지만 꼭 부탁드립니다."

"우선은 어떤 환각제와 독을 사용했는지 알아야 합니다. 좀 도와주시지요. 침을 놓아 일단 강제로 의식을 잃게 만들 겁니다."

"그냥 수혈을 점하면 안 되겠습니까?"

호걸개의 물음에 태사현은 고개를 저었다.

"혈을 점하면 정확한 상태를 파악하기 힘듭니다. 대신 침을 사용하면 기의 흐름을 막지 않고도 그와 같은 효과를 낼 수 있으니 좀 더 정확하게 진맥을 하고 치료법을 찾을 수 있지요."

태사현의 말에 호걸개와 관치원, 설궁도 등이 방주의 몸을 꽉 붙들었다. 사람들이 자신의 몸을 붙잡자 방주는 본능적으로 온 힘을 다해 그들의 손아귀를 뿌리치려 했다.

그러는 사이 태사현이 방주의 손을 묶어 놓은 끈을 풀었고 곧장 몸 곳곳에 침을 놓기 시작했다.

방주가 움직이는 상황에서도 빠르고 정확하게 침을 놓는 태사현이었다.

태사현이 침을 모두 놓자 마구 움직이던 방주가 잠잠해졌다. 마치 계속해서 칭얼거리다가 금방 잠이 든 아기 같았다.

방주가 잠에 빠져들자 그를 붙잡고 있던 사람들이 손을 놓았다. 그러고는 너 나 할 것 없이 한숨을 쉬었다.

무슨 힘이 이렇게 센지 젊은 사람 셋이서도 감당하기 힘들 정도였다.

"진맥 시작하겠습니다."

그렇게 말한 태사현이 방주의 맥을 잡았다. 그러고는 방주의 몸 이곳저곳을 살피기 시작했다.

"몇 가지가 섞인 것 같습니다. 좀 더 자세히 살펴봐야겠지만 지금 보이는 몇 가지 증상으로는 취몽향(醉夢香)과 몽령초(夢靈草), 그리고 탈혼귀독(奪魂鬼毒)이 섞인 것 같습니다."

태사현의 말에 호걸개와 관치원이 깜짝 놀랐다.

관치원이 놀란 이유는 취몽향과 몽령초였다. 강력한 환각제 중 하나로 조금만 냄새를 맡거나 투약해도 환각에 빠져 의식을 잃고 헤어 나오지 못할 정도였다.

나라에서도 금하고 있는지라 관치원이 놀라는 것은 당연했다.

하지만 호걸개는 다른 데에서 놀랐다.

취몽향과 몽령초가 나라에서 금하는 것이라고는 하지만 못 구할 것들은 아니었다. 관의 눈을 피해 암암리에 거래되고 있는 것을 호걸개는 알고 있었다.

호걸개가 놀란 것은 탈혼귀독 때문이었다.

탈혼귀독은 강호에서 탄생한 독이었다. 독으로 유명했던 독마궁(毒魔宮)의 작품으로 아는 사람은 아는 지독한 독이었다.

"독마궁……."

호걸개의 중얼거림에 태사현은 고개를 저었다.

"독마궁은 확실하게 멸문한 곳이오. 독마궁이 존재하는 것이 아니라 마교에서 그 제조법을 알아냈겠지."

태사현의 말에 호걸개가 한숨을 쉬며 말했다.

"아무래도 마교가 마도를 통합한 것 같습니다. 그렇지 않고서야 어찌 이런……."

"세 가지는 확실히 알았으니 즉시 해독 작업에 들어갈 겁니다. 하지만 혹시 다른 독이 섞여 있을지 모르고 다른 독의 해독제와 상극일지 모르니 시간이 좀 걸릴 수 있습니다."

태사현의 말에 방에 들어와 있던 사람들은 그가 집중할 수 있도록 자리를 비켜주었다.

방에서 나와 조용히 문을 닫은 뒤 호걸개가 관치원에게 말했다.

"감사합니다. 도움을 주셔서."

"아닙니다. 과거 강호로부터 도움을 받은 적이 있었으니 어떤 식으로든 도움을 드리는 건 당연하지요."

그렇게 말한 관치원이 너털웃음을 터뜨렸다. 그러고는 설군우를 보며 말했다.

"아까는 제대로 인사도 드리지 못했습니다, 상단주."

"아닙니다. 괜찮습니다."

"검왕 어르신께서는 강녕하십니까?"

"네. 많이 좋아지셨습니다."

설군우의 대답에 다행이라며 환한 미소를 지은 그가 다시 말했다.

"온 김에 뵙고 인사라도 드리려고 하는데 괜찮겠습니까?"

관치원의 말에 설군우가 난처한 기색을 표했다.

"지금 아버지께서는 폐관에 드셨습니다."

"폐관이요? 무공을 회복하신 겁니까?"

"아닙니다. 연아와 윤이를 데리고 들어가셨습니다. 그 아이들에게 가르침을 주겠다시면서."

"윤이… 아! 서 소협을 말씀하시는 것이군요. 아쉽습니다. 두 분 모두 만날 수가 없다니."

관치원의 말에 설군우가 미소를 지으며 말했다.

"기회가 이번 한 번만 있는 것은 아니지 않습니까? 차후에 이 혼란이 끝나고 나면 마음 편히 찻잔을 기울일 날이 있을 겁니다."

"그렇겠지요. 이제 가봐야겠습니다."

떠나겠다는 관치원의 말에 설군우가 놀라며 그를 붙잡았다.

"벌써 가시려고요? 며칠 쉬시다 가시지 그러십니까."

"아닙니다. 사실 광서성에서 진황도, 그리고 이곳 섬서성까지. 자리를 너무 오래 비웠습니다. 돌아가면 안찰사께 심한 꾸중을 들을지도 모릅니다."

관치원의 말에 호걸개가 미안한 표정을 지었다. 자신의 부탁 때문에 곤란한 상황에 처할지도 모를 일이기 때문이었다.

그런 호걸개의 기색을 읽은 관치원이 미소를 지으며 말했다.

"걱정 마십시오. 제법 그곳에서는 자리를 잘 잡고 있는 터라 용서를 빌면 잔소리 조금 듣는 것으로 끝날 겁니다. 뭐, 심해야 감봉 정도겠지요. 심려치 마십시오."

"예. 알겠습니다. 그리고 감사합니다."

호걸개의 말에 관치원이 미소와 함께 고개를 끄덕였다. 그리고 곧 그는 수하들과 함께 대륙상단을 떠났다.

이제 남은 것은 방주의 회복 뿐.

의선이 이곳 대륙상단에 있다는 것이 그렇게 다행스러울 수가 없었다.

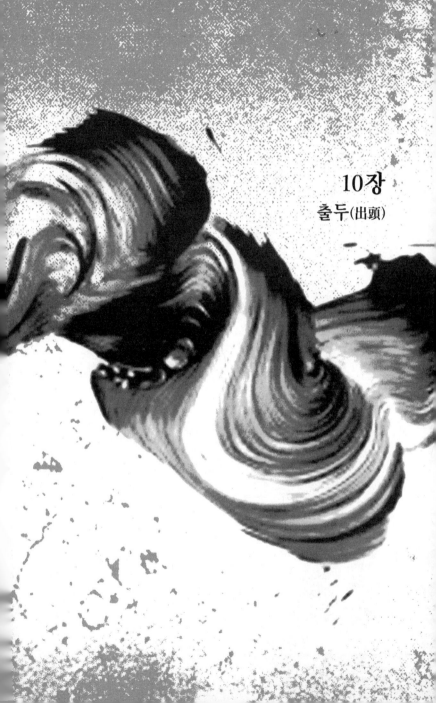

10장
출두(出頭)

風神 徐潤

풍신서윤

대류상단에 한 장의 서신이 도착했다.

팽가주 앞으로 온 것으로 무림맹에서 보낸 서찰이었다. 그것을 펼쳐 본 팽가주의 표정이 어두워졌다.

서찰을 읽은 팽가주는 곧장 설군우를 찾았다.

"어쩐 일이십니까?"

"아무래도 가봐야 할 것 같습니다."

"무슨 일이라도……."

"사천 쪽의 상황이 좋지 않은 듯합니다."

팽도웅의 말에 설군우의 표정도 딱딱하게 굳었다. 무림맹이 있는 호남성과 더불어 청성과 아미, 당가가 있는 사천은 가장 안전한 곳으로 꼽히는 곳이었다.

한데 사천의 상황이 좋지 않다는 것은 적들의 공격이 본격적으로 시작되었음을 의미했다.

"많이 안 좋은 것입니까?"

"가봐야 알 듯합니다. 큰 걱정은 안 합니다만, 혹시 모르는 일이니까요."

팽도웅의 말에 설군우가 가만히 고개를 끄덕였다.

그래도 그동안 팽가가 대륙상단을 보호하고 있었기 때문에 든든했었는데 그들이 떠난다고 하니 불안한 마음이 슬쩍 고개를 들었다.

"서 소협이 있으니 큰 걱정은 하지 않습니다만, 그래도 세상일은 모르는 것이니 조심하십시오."

"예. 알겠습니다. 팽가주께서도 조심하십시오."

"예."

그렇게 말한 팽도웅은 곧장 수하들을 데리고 사천으로 향했다. 제법 많은 인원이 빠져나간 탓에 상단이 텅 빈 것 같은 허전함을 느낄 수밖에 없었다.

*　　　*　　　*

청성파 장문인인 냉추엽은 본산에 남아 만약에 대비하고 있었다. 대신 사천 곳곳을 누비며 수색과 정찰, 그리고 전투를 치르는 제자들을 이끄는 이는 냉추영(冷秋盈)이었다.

청성의 장로이자 냉추엽의 동생이기도 한 그는 냉추엽에 버금가는 무위를 지닌 자였다.

냉추영이 이끄는 청성 제자들은 사천성 서쪽 단파(丹巴) 지역에서 수상한 움직임이 포착되었다는 소식을 듣고 수색 중이었다.

오십에 가까운 청성파 제자들은 날카로운 눈빛으로 주변을 살폈다.

장시간 수색에 지치고 집중력이 떨어질 법도 하건만 그들의 눈빛에서는 전혀 그런 것을 찾아볼 수가 없었다.

부스럭.

기척 소리가 들리자 냉추영이 손을 들어 제자들을 멈춰 세웠다.

[일 조. 수색하도록.]

냉추영의 전음에 수색대 중 일 조가 소리가 난 쪽으로 방향을 틀었다.

그들이 사라지자 냉추영은 나머지를 데리고 다시 수색에

나섰다.

　부스럭.

　얼마 가지 않아 다른 쪽에서 또 다른 소리가 들렸다. 이번
에도 제자들을 멈춰 세운 냉추영은 기감을 팽팽하게 당긴 채
기다렸다가 이 조를 그쪽으로 보냈다.

　두 개 조가 본진을 떠나고 얼마 후.

　냉추영은 다시 발걸음을 멈출 수밖에 없었다.

　이번에는 그의 앞에 강한 적의를 뿜어내는 자가 나타난 것
이다.

　거대한 도를 어깨에 걸친 채 미소를 짓고 있는 자.

　서 있는 모습만으로도 고수의 풍모를 보이는 자였다.

　"적인가?"

　"적이지."

　"정체를 밝혀라."

　"적이라고."

　상대의 대답에 냉추영이 인상을 찌푸렸다. 하지만 그는 슬
슬 올라오는 분노를 가라앉히며 다시 물었다.

　"마교인가?"

　"아니다. 죽을 때가 되면 알려주지."

　그 말과 함께 상대의 등 뒤로 청성 제자들과 엇비슷한 숫자
의 적들이 모습을 드러냈다.

하나같이 범상치 않은 기도를 자랑하는 자들이었다.

"죽여."

그 말과 함께 적들이 쇄도해 들어오기 시작했다. 그에 냉추영을 시작으로 청성 제자들이 모두 검을 뽑아들고 그에 맞섰다.

쩌저저정!

묵직한 도와 검이 부딪치며 날카로운 금속음을 만들어내었다.

한 차례 부딪쳐 본 청성 제자들의 얼굴에는 당혹스러운 기색이 역력했다.

생각했던 것보다 위력이 상당했기 때문이었다.

냉추영은 얼굴을 딱딱하게 굳히며 자신의 상대에게 달려들며 검을 뿌렸다.

청성의 비기인 청운적하검(靑雲赤霞劍)이었다.

슈슈슈슉!

유려한 검법이 냉추영과 사내 사이의 공간을 수놓았다.

어지럽게 흔들리면서도 그 뒤에 날카로움을 감추고 있는 검초가 눈앞에서 펼쳐지고 있음에도 사내의 표정은 여유로웠으며 어깨 위에 걸친 도는 움직일 생각을 하지 않았다.

그 모습에 냉추영은 불길한 예감이 들었다.

그리고 그 생각이 끝나려는 찰나, 손아귀를 타고 전해져 오는 묵직함에 인상을 찌푸렸다.

"큭!"

용케 검을 놓치지 않은 냉추영이 뒤로 물러섰다. 어느새 사내의 도가 앞으로 뻗어 있었다.

믿을 수 없는 빠르기.

검이라면 가능할 수 있었다. 흔히 쾌검(快劍)이라 불리는 검법들은 빠름의 극을 달리는 검법이었다.

하지만 그것은 어디까지나 가벼운 검을 사용하기 때문에 불가능을 뛰어 넘을 수 있는 것이었다.

그런데 지금 사내가 보인 한 수는 쾌도라 할 수 있을 정도로 빨랐다.

게다가 사내가 사용하는 도는 일반도와 비교했을 때 도신이 더욱 넓고 길었다.

그런 것을 이 정도로 빠르게 휘두를 수 있다는 것은 그만큼 내공이 깊고 숙련도 역시 대단하다는 증거였다.

'어디서 이런 괴물이!'

단 한 수였지만 긴장할 수밖에 없는 실력이었다.

냉추영은 날카롭게 상대를 살폈다. 하지만 처음 보는 얼굴이었고 그 무공의 출처가 어디인지 알 수가 없었다.

"다 죽일 셈이군."

사내의 말 한 마디에 냉추영은 정신을 차렸다. 그제야 찢어질 듯한 비명 소리가 고막을 파고들었다.

냉추영은 주변을 살폈다.

적들이 제자들을 일방적으로 도륙하고 있었다.

그럼에도 버티고 있는 청성파 제자들의 눈빛에서는 두려움을 느낄 수 없었고 강한 의지를 엿볼 수 있었다.

냉추영은 이를 악물었다.

그러고는 제자들이 있는 곳으로 신형을 날렸다.

서걱! 서걱!

냉추영의 검이 제자들에게 도를 휘두르는 적들의 목을 그었다.

일방적으로 도륙해 나가던 적들의 시선이 분산되었고 그 틈에 살아남은 청성파 제자들이 반격에 나섰다.

"다들 정신 바짝 차려라!"

두 개 조가 빠져나간 본진 인원은 서른 명. 그중 냉추영의 뒤에 서 있는 제자들은 열 명 정도 밖에 되지 않았다.

순식간에 스무 명의 제자가 목숨을 잃은 것이다.

'피해야 한다.'

냉추영은 지금 이 상황을 벗어나 어떻게든 다른 쪽으로 간 제자들과 합류해야 한다는 생각뿐이었다.

이대로는 전멸할 가능성이 컸다. 전열을 재정비해 제대로 싸워야 조금의 가능성이 더 커질 수 있었다.

"모두 방어에 초점을 맞춰라! 후퇴한다!"

냉추영의 말에 제자들의 검초가 변했다.

공격과 반격은 최소화하고 적들의 공격을 막아내며 뒤쪽으로 물러섰다.

냉추영의 검만이 적들 사이를 누비며 공격을 하고 있었다.

청성파 제자들의 합은 상당히 잘 맞았다.

혼란이 찾아오고 화산파와 종남파의 비보를 접하면서 적들의 위력을 실감한 냉추엽은 제자들이 홀로 하는 싸움보다는 힘을 합쳐 싸울 것을 강조했다.

그리고 사천에 적들의 움직임이 감지되기 전까지는 계속해서 그에 초점을 맞춘 수련을 계속해 왔다.

비록 방금 전까지는 적들의 강력한 무위에 제대로 대응하지 못하고 일방적으로 당했지만 냉추영이 가세하면서 안정을 찾은 것이다.

떨어진 곳에서 고군분투하는 냉추영과 청성파 제자들을 보고 있는 사내의 입가에 조소가 어렸다.

그들의 싸움이 마치 죽기 직전의 발악처럼 보였던 것이다.

잠시 그렇게 바라만 보고 있던 사내가 어깨에 도를 걸친 채 발걸음을 옮겼다.

그는 냉추영과 청성파 제자들을 그냥 보낼 마음이 없었다.

"아악!"

가녀린 비명 소리가 울렸다. 그 비명을 끝으로 더 이상 아무런 소리도 들리지 않았다.

보기만 해도 몸이 떨릴 정도로 사이한 기운을 내뿜는 자들 아래에는 시체가 가득했다.

민머리에 봉긋한 가슴을 가진 승려들. 바로 아미파 제자들이었다.

처참한 죽음을 맞이한 아미파 제자들을 바라보고 있는 자들의 정체는 한빙곡이었다.

음기가 강한 무공을 익힌 탓에 남자들도 남자라기보다는 여성스러운 분위기를 풍기고 있었다.

전체적인 광경을 지켜보고 있는 한빙곡주의 입가에 섬뜩한 미소가 번졌다.

"모두 먹어치워라."

그의 말에 한빙곡 무인들이 차가운 시신으로 변한 아미파 제자들을 향해 돌진했다.

그리고 다음 순간.

차마 눈 뜨고 보기 힘든 광경이 펼쳐졌다.

음기가 강한 무공을 익힌 한빙곡 무인들과 아미파의 여승들.

처참하기만 한 광경을 바라보는 한빙곡주의 얼굴에 피어오
른 것은 희열이었다.

           *   *   *

서윤과 설시연은 나란히 앉아 운기 중이었다.

편안한 표정으로 운기를 계속하던 중 먼저 눈을 뜬 사람은
설시연이었다.

개운한 표정을 지은 그녀의 입가에 미소가 번졌다.

설백으로부터 본격적으로 무공을 사사받기 시작한 후로 점
차 진기의 양도 늘어났기 때문이었다.

비단 양이 늘은 것 외에도 점점 더 내력이 정순해지는 것을
느낄 수 있었다.

내력이 정순해지고 그 양이 늘어나자 그녀에게 가장 먼저
찾아온 변화는 바로 피부였다.

예전에도 잡티 하나 없는 피부였으나 더욱 매끈해지고 탄력
적으로 변해 있었다.

무공을 익히고 있다고는 하나 설시연도 어쩔 수 없는 여인
인지라 자신에게 찾아온 그런 변화에 기쁘지 않을 수 없었다.

두 번째 변화는 내적인 변화였다.

마음이 차분해지고 정신이 맑아졌으며 집중력을 비롯해 여

러 가지가 예전과 비교도 할 수 없을 정도로 좋아졌다.

그러다 보니 자연스럽게 무위도 올라갈 수밖에 없었다.

그런 변화가 이어지다 보니 설시연은 처음으로 성장하는 기쁨이 이런 것이구나 하는 것을 느낄 수 있었다.

운기를 마친 설시연은 옆에서 운기 중인 서윤을 빤히 바라보았다.

옆얼굴을 바라보던 설시연은 그의 앞으로 자리를 옮겨 앞모습을 바라보았다.

그 모습을 물끄러미 바라보고 있자니 처음 만났을 때가 떠올랐다.

상의를 벗은 채 수련을 하던 모습.

그리고 자신을 보고는 슬그머니 옷을 가지고 나무 뒤로 들어가 옷을 입던 모습.

그때에는 새로운 동생이 생긴 것 정도였다.

'언제부터였을까?'

설시연은 자신의 마음이 언제부터 서윤에게 기울었는지 곰곰이 생각해 보았다.

하지만 아무리 생각을 해 봐도 딱히 '이거다!' 하는 계기가 떠오르지 않았다.

그냥 오랜 시간을 함께해 오면서 자연스럽게 스며들었다고 하는 게 맞는 표현인 듯했다.

서윤의 앞에 쪼그려 앉아 미소를 짓고 있던 그녀의 얼굴이
점점 당황스러운 표정으로 바뀌었다.

운기를 하고 있는 서윤이 풍기는 기도가 조금씩 변하고 있
었기 때문이었다.

서윤이 운기하는 것을 여러 차례 봤지만 지금과 같은 기운
은 처음이었다.

굉장히 응축되어 있으면서도 부드럽고, 그러면서도 강한 무
언가가 느껴지고 있었다.

설시연은 조심스럽게 자리에서 일어나서는 조용히 뒤쪽으
로 물러났다.

괜히 자신이 곁에 있다가 무슨 일이 생길까 싶어서였다.

"대단하구나."

어느새 곁으로 다가온 설백이 운기하는 서윤을 바라보며
중얼거렸다.

"대단하다니요?"

"보면 알게다. 넌 지금 이 순간을 잘 기억하거라."

설백의 말에 고개를 끄덕인 설시연은 서윤을 가만히 바라
보고 있었다.

서윤은 무아지경에 빠져 있었다.

대주천을 하던 서윤은 온몸을 휘감는 진기의 포근함에 점

차 빠져들었고 어느 순간에는 자신이 운기를 하고 있다는 것
조차 깨닫지 못할 정도가 되었다.

몽롱한 상태가 되어 운기에 빠져들었던 서윤의 눈앞에 신도
장천이 나타났다.

오랜만에 보는, 너무나 보고 싶었던 얼굴.

여태껏 다시 그와 만난다면 달려가 안겨 실컷 울고 싶다는
생각을 수없이 해왔지만 이렇게 다시 만났음에도 가만히 얼굴
을 마주본 채 미소만 짓고 있었다.

미소 지은 채 자신을 바라보던 신도장천의 입이 열렸다. 그
리고 무언가를 계속해서 말하기 시작했다.

처음에는 그의 목소리가 잘 들리지 않았다.

오랜만에 신도장천의 목소리를 듣고 싶은 마음에 서윤은
더욱 집중하여 귀를 기울였고 그가 하는 이야기를 하나도 빼
놓지 않으려고 노력했다.

서윤은 그렇게 신도장천의 이야기에 빠져들고 있었다.

서윤이 무의식의 세계에 빠져 있는 사이.

그의 몸속을 돌고 있는 진기는 더욱 힘차게 구석구석을 누
비고 있었다.

세포 하나하나를 깨우고 다니는 진기는 마치 자기 세상인
것처럼 서윤의 몸속을 돌아다녔다.

진기가 흩어졌다 모였다를 반복했다.

그러면서 그의 진기는 또 다른 변화를 맞이했다.

한데 모여든 진기는 점차 덩어리가 되었고 그 덩어리에서 뻗어나간 진기는 더욱 단단하고 질겨졌다.

점점 커지는 덩어리.

그곳에 들어갔다 나오는 진기는 마치 뱀이 허물을 벗듯 찌꺼기를 털어내었다.

그리고 그 찌꺼기는 기화되어 서윤의 몸 밖으로 배출되었다.

"어?"

설시연은 서윤에게서 뿜어져 나오는 연기 같은 것을 보며 놀란 표정을 지었다.

"불순물이 몸 밖으로 빠져나오는 것이란다. 대단하구나, 대단해."

설백은 연신 감탄하고 있었다.

그 와중에도 서윤의 진기는 계속해서 서윤의 몸을 돌며 조금씩 위로 올라가고 있었다.

중단전을 지난 진기는 어느덧 상단전까지 올라왔다.

이미 뚫린 임독양맥은 물론이고 상단전 곳곳을 누볐다. 계속해서 혈도와 상단전을 자극하는 진기.

그리고 그 순간 서윤의 상단전으로부터 무언가가 깨져 나갔다.

마의의 도움으로 연 상단전이었지만 그것은 어디까지나 반쪽이었다.

서윤의 상단전 주변으로 얇으면서도 단단한 막 같은 것이 있었다. 이는 서윤의 불완전한 상단전을 보호하기 위한 풍령신공 자체적인 처방 같은 것이라 할 수 있었다.

진기의 계속된 자극 때문일까.

어느 순간 그 얇고 단단한 막에 조금씩 금이 가기 시작했고 이내 깨져 나가기 시작했다.

깨진 막은 진기에 그대로 녹아들었다.

이윽고 모든 막이 깨지자 진기는 그 조각들을 품은 채로 상단전에 똬리를 틀었다.

그리고 얼마 후.

그 모든 것을 흡수한 진기가 꿈틀거리더니 서윤의 상단전을 통해 밖으로 뿜어져 나갔다.

"오오!"

설백이 환희에 찬 감탄사를 내뱉었다.

뿜어져 나온 진기가 만들어낸 하나의 고리. 그리고 잠시 후 또 다른 고리가 생기기 시작했다.

하나, 둘, 셋, 넷.

네 번째 고리가 만들어졌음에도 진기는 계속해서 흘러나왔다. 그리고 마침내.

화아아!

다섯 번째 고리가 만들어졌다.

서윤의 머리 위에 떠 있는 다섯 개의 고리. 그것이 만들어 낸 영롱한 빛깔에 설시연은 넋을 잃고 말았다.

"저것이 바로 오기조원이란다."

"오기조원……."

설시연이 나직이 중얼거렸다.

말로만 들었을 뿐 그 경지에 오른 사람을 직접 본 적도 없었고 그 경지에 오르는 과정을 본 적은 더더욱 없었다.

"나도, 그리고 신도장천 그 친구도 오르지 못한 경지란다."

설백의 말에 설시연이 놀란 표정으로 설백을 바라보았다. 그녀의 눈에 비친 설백의 표정은 황홀함 그 자체였다.

'이보게, 보고 있는가? 자네의 바람대로 저 아이가 풍신의 길에 발을 들여놓았다네.'

설백의 시야가 뿌옇게 흐려졌다.

그러는 사이 서윤의 머리 위에 떠 있던 고리가 서윤의 상단전으로 빨려 들어갔다.

그리고 잠시 후, 서윤이 천천히 눈을 떴다.

느리게 올라가는 그의 눈꺼풀 사이로 밝은 안광이 뿜어져 나왔다.

솨아아아!

그의 몸에서 한바탕 기운이 폭사되더니 다시 그의 몸으로 빨려 들어갔다.

눈을 뜬 서윤은 자신을 바라보고 있는 설시연과 설백을 보며 미소를 지었다.

무아지경에 빠져 있었지만, 그리고 정확히 어떤 단계에 올랐는지는 알 수 없었지만 한 가지는 확실했다.

"난 성장했다."

서윤이 그렇게 중얼거렸다.

*   *   *

호걸개는 섬서 분타의 처소에 있었다.

하지만 평소와 다르게 그는 상석이 아닌 다른 곳에 앉아 있었다.

그 대신 상석에 앉은 이. 그는 바로 독에 중독되어 있던 개방 방주였다.

태사현의 치료를 받기 전과 달리 그의 눈동자는 맑고 총명한 빛을 띠고 있었다.

"그랬단 말이지."

"예, 면목이 없습니다. 죄송합니다, 방주님."

호걸개가 방주의 앞에 엎드린 채 사죄의 말을 건넸다.

"아니다. 아무리 최연소 장로가 될 정도로 뛰어나고 총명하다 하나 나조차 모르고 있었던 것을 너라고 어찌 미리 알고 대비했겠느냐? 묵걸개 그가 치밀했던 것이다. 그러니 고개를 들어라."

방주의 말에 호걸개가 천천히 몸을 세웠다.

"이제부터 어떻게 할 생각이더냐?"

"아직 잘 모르겠습니다. 방주님을 치료해야 한다는 생각까지는 했으나 거기에 너무 정신이 팔려 후일을 계획하지 못했습니다."

"그럴 수 있다. 사실 이제부터는 운이 아니겠느냐? 진심으로 개방과 정도 무림을 배신한 자들이 더 많은지, 아니면 묵걸개의 감언이설에 빠져 속고 있는 자들이 더 많을지. 후자라면 우리에게 희망이 있다."

"분타주님."

밖에서 들려온 목소리에 호걸개가 자리에서 일어났다. 그러고는 문을 열고 밖으로 나갔다.

잠시 후 돌아온 호걸개가 방주의 앞에 무릎을 꿇고는 말했다.

"묵걸개가 장로 회의를 소집했다고 합니다. 방주님께서 진황도를 빠져나왔다는 걸 알고 있을 겁니다."

"그렇겠지. 나를 죽이려 하거나 내가 나타나기 전에 완벽하게 개방을 틀어줘려 할 것이다."

"그럴 겁니다."

호걸개의 말에 방주가 고개를 끄덕였다.

"가셔야 합니다. 그곳에 가셔서 방주님께서 건재하다는 것을 확인시키고 묵걸개의 말이 거짓이었음을 밝히셔야 합니다."

"하나 이미 그들은 이곳을 감시하고 있을 것이다. 내가 진황도에 없다는 것을 안 순간 가장 먼저 이곳을 살필 테니."

방주의 말에 호걸개는 고개를 끄덕였다. 그러고는 필사적으로 머리를 굴렸다.

"대륙상단에 도움을 청하겠습니다."

"대륙상단?"

"예. 상단은 상행을 나갑니다. 거기에 동행하는 겁니다."

"흠……."

"몸을 숨겨 움직이려면 얼마든지 할 수 있습니다. 저들이 우리의 눈과 귀를 속였다면 우리도 얼마든지 할 수 있습니다."

호걸개의 말에 가만히 듣고 있던 방주가 고개를 끄덕였다.

"알겠다. 그리하겠다."

방주가 마음을 먹자 호걸개는 곧바로 작업에 착수했다.

*   *   *

묵걸개는 총타에 있었다.

자연스럽게 방주의 자리에 앉아 모든 이야기를 전해 듣고 있었다.

"분타 안에 박혀 있단 말이지."

"예. 해독을 하기는 했으나 아직까지 몸이 온전치 못한 듯합니다. 호걸개 장로만이 들락날락할 뿐입니다."

"어디를 다니는지는 확인했느냐?"

"예. 대륙상단입니다. 대륙상단에서 나올 때에는 약으로 보이는 것들을 가지고 나왔습니다."

"하긴, 의선이 그곳에 있으니까. 알겠다. 나가보거라."

수하를 물린 묵걸개는 미소를 지었다.

"이 자리, 오래 걸렸구나. 후후."

그의 입가에 걸린 미소는 승자의 미소였다.

*   *   *

시간이 흘렀다.

여전히 방주의 자리에 앉아 있는 묵걸개는 자신의 앞에 있는 장로들을 바라보았다.

총타에 있던 장로들은 물론이고 분타에 나가 있던 장로들까지 이번 소집령을 받고 모두 모였다.

자리에 앉아 있던 묵걸개가 자리에서 일어났다. 그러고는 장로들 사이를 거닐며 입을 열었다.

"방주님께서 몸이 편찮으셔서 요양을 떠난 후 그분의 부탁대로 난 개방을 맡아 운영해 왔소이다."

뒷짐을 진 채 걷는 그의 몸에서는 감히 말도 못 붙일 기도가 뿜어져 나오고 있었다.

"처음에는 힘들었소. 그릇이 부족한 본인이 개방이라는 거대한 문파를 맡아 이끈다는 것이. 하지만 그마저도 조금씩 적응이 되더이다. 그리고 그 즈음에 들은 충격적인 사실이 있소. 바로 여러분도 알고 있는 호걸개 장로의 배신 소식이오."

묵걸개의 말에 장로들의 몸에서 약한 살기가 흘러나왔다.

"아아, 살기들 거두시오. 나도 호걸개 장로를 생각하면 분노가 하늘을 찌르오. 최연소 장로가 되어 개방의 기대를 한 몸에 받았던 그가 배신이라니. 은혜를 원수로 갚은 것 아니겠소? 그런데 말이오."

그렇게 말한 묵걸개가 다시 장로들 앞에 섰다.

"최근에 충격적인 소식을 또 하나 접했소. 급격하게 몸이 안 좋아진 방주님은 사실 지병이 아니었소. 누군가가 의도적으로 방주님을 그렇게 만든 것이었지. 그것 또한 호걸개 장로

였소."

묵걸개의 말에 장로들의 살기가 더욱 짙어졌다. 부모를 해
한 것이나 다름없는 일 아니던가?

"예. 저도 여러분들만큼이나 화가 치밀어 오릅니다. 하지
만 전 개인이 아닙니다. 그리고 배신자이긴 하나 호걸개는 개
방의 장로입니다. 그에 대한 처분은 공적으로 처리해야 한다
고 생각했습니다. 방주님도 그러했고요. 자, 여러분께 묻겠습
니다. 호걸개 장로를 어떻게 해야 할까요? 살려둘까요? 아니면
죽일까요."

"죽여야지요!"

"당연한 것 아닙니까? 죽여야지요!"

장로들 사이에서 죽여야 한다는 의견이 모였다. 그에 묵걸
개는 옅은 미소를 지었다.

"좋습니다. 조용히 해주십시오. 그럼 묻겠습니다. 호걸개 장
로를 죽이는 것에 반대하시는 분 계십니까?"

묵걸개의 질문에 장내는 조용했다.

누구 하나 반대하는 의견을 내세우지 않자 묵걸개가 고개
를 끄덕였다.

"좋습니다. 그럼 호걸개 장로의 처분은 사형으로……."

"반대 의견이오!"

묵걸개의 말이 끝나기 전에 반대하는 목소리가 밖에서 들

려왔다. 그에 인상을 찌푸린 묵걸개는 문을 바라보았다.

끼이익!

천천히 문이 열리고 안으로 들어온 이는 다름 아닌 호걸개
였다.

그의 얼굴을 본 장로들은 살기를 감추지 않았다. 하지만 호
걸개의 표정은 태연하기만 했다.

"하하하! 여러 장로님들께서 절 이리도 반겨주시니 몸 둘
바를 모르겠습니다. 감사합니다. 감사합니다."

호걸개가 양옆으로 서 있는 장로들을 향해 연신 포권을 지
으며 말했다.

그런 호걸개를 바라보는 묵걸개의 표정에는 살기가 감돌고
있었다.

'어떻게 된 것인가. 섬서 분타에서 움직였다는 얘기는 듣지
못했는데.'

"잘 왔군. 안 그래도 배신자를 사형에 처하겠다는 판결을
내리려던 참인데."

"오호! 배신자라고요? 배신자라면 당연히 사형에 처해야지
요. 그게 누굽니까? 설마 저는 아니겠지요?"

호걸개가 능청스럽게 묻자 묵걸개는 대답 대신 날카로운 눈
빛으로 그를 쳐다보았다.

"그 눈빛을 보아하니 저인 모양이군요. 밖에서 사형 어쩌구

하는 얘기만 듣고 너무하다 싶어 반대했는데. 찬성했으면 제 목이 날아갈 뻔했습니다."

"반대하면 어떻고 찬성하면 어떻겠는가? 어차피 자네의 사형은 결정된 사안이네."

"예. 그렇다 치지요. 그런데 말입니다. 분명 '배신자'를 사형에 처한다고 하셨지요?"

"그렇네. 자네는 배신자니까."

"허허. 그런데 어쩌지요? 전 배신자가 아닌데 말입니다."

"헛소리!"

호걸개의 말에 장로들 중 한 명이 소리쳤다. 그럼에도 호걸개의 표정에는 변화가 없습니다.

"좋습니다. 그럼 제가 배신자가 아니라는 것을 증명해 줄 분을 모시지요."

호걸개의 말에 묵걸개의 눈동자가 흔들렸다.

사실 호걸개가 나타났을 때부터 묵걸개는 놀라고 있었다. 그가 이곳으로 출발했다는 보고는 듣지 못했던 것이다.

그가 이곳에 온 것도 놀라운데 증명해 줄 사람을 데리고 왔다니. 방주가 아니라면 아무도 그것을 증명할 수 없을 것이다.

끼이익!

문이 열렸다. 그리고 또 다른 이가 모습을 드러냈다. 그리고 그를 본 장로들의 눈빛이 흔들렸다.

"방주님을 뵙습니다!"

장로들이 그렇게 외치며 방주를 향해 오체복지했다. 그중에서도 묵걸개를 비롯한 몇몇은 충격에서 벗어나지 못한 듯 가만히 서 있었다.

"내가 방주라는 것을 잊지는 않은 모양이군. 다행이야. 그렇게 말한 방주가 천천히 묵걸개를 향해 걸어갔다."

"오랜만이군, 묵 장로."

"이렇게 강녕한 모습을 보니 기쁩니다, 방주."

그렇게 말하며 묵걸개가 허리를 굽혔다. 하지만 돌아오는 말은 싸늘하기 그지없었다.

"그렇게도 내 자리가 탐나던가?"

묵걸개의 몸이 한 차례 움찔했다. 그러더니 이내 천천히 몸을 세웠다.

"무슨 말씀이십니까?"

묵걸개의 반문에 방주는 아무런 대답도 하지 않고 몸을 돌렸다. 그러고는 장로들 사이를 걸었다.

문 쪽에 가서 선 방주가 무언가를 꺼내들었다.

"개방 방주가 타구봉을 꺼내들고 고하노라!"

"방주의 목소리를 경청합니다!"

방주의 신물이라는 타구봉.

개방의 모든 제자들은 그 타구봉 앞에 절대 복종만 있을 뿐이었다.

"묵걸개 장로는 마교와 결탁하여 나를 해하려 했다! 그리고 개방을 장악하여 정도 무림의 눈과 귀를 멀게 하였다! 하여! 지금 이 자리에서 타구봉을 들고 명한다! 묵걸개를 비롯한 배신자들을 잡아 즉시 처단하라!"

"방주의 명을 받듭니다!"

그렇게 외친 장로들이 자리에서 일어났다.

그러고는 묵걸개와 오체복지 하지 않고 서 있던 장로들을 향해 다가갔다.

배신을 한 장로들은 모든 것이 끝났다는 것을 깨달은 듯 순순히 잡혔다. 하지만 묵걸개는 아니었다.

"이렇게 끝나지 않을 것이다!"

콰직!

"묵걸개!"

묵걸개가 창을 뚫고 달아나자 호걸개가 곧장 그 뒤를 쫓았다.

하지만 잠시 후, 호걸개는 묵걸개를 잡지 못하고 빈손으로 돌아올 수밖에 없었다.

"놓쳤습니다, 방주."

"괜찮다. 개방의 눈과 귀가 있는 한 그가 숨을 곳은 이 세상 천지에 아무 데도 없다."

방주의 그 말에 호걸개가 고개를 숙였다.

"다들 들어라!"

"예! 방주!"

"치료를 받았으나 난 몸이 온전치 않다. 회복하는데 얼마의 시간이 걸릴지 모른다. 하여 이 자리에서 후개(後丐)를 정하고 그에게 방주의 권한을 위임하려 한다!"

방주의 말에 장로들이 웅성거렸다. 너무 갑작스러웠기 때문 이었다.

"호걸개는 앞으로 오라."

장로들의 충격이 배가 되었다. 호걸개라니.

호걸개 역시 충격을 받은 듯 얼떨떨한 표정으로 방주의 앞 에 섰다.

"호걸개 장로는 끝까지 개방의 명예를 지켰으며 배신자를 색출해 내었다. 게다가 나의 목숨을 구하고 정도 무림의 안위 를 걱정하는 진정한 의와 협을 보여주었다! 따라서 난 호걸개 에게 후개의 지위를 사사하고 방주의 권한 일체를 위임한다. 호걸개는 타구봉을 받으라."

방주의 말에 호걸개는 그의 앞에 무릎을 꿇었다. 그러고는 조심스레 방주가 넘겨주는 타구봉을 받았다.

"타구봉을 받은 후개는 개방을 이끌고 정도 무림의 위기를 타개하는데 온 힘을 기울이도록. 다른 장로들은 후개의 명을 한 치의 오차도 없이 이행해야 할 것이다!"

"명을 받듭니다!"

호걸개와 장로들이 큰 소리로 외쳤다.

이로써 개방이 정상화되었고 이는 정도 무림의 반격이 시작되었음을 알리는 것이었다.

『풍신서윤』 7권에 계속…

이제부터 전자책은

이젠북

www.ezenbook.co.kr

새로운 세계가 열린다!

김재한 『성운을 먹는 자』	철백 『대무사』
니콜로 『마왕의 게임』	가프 『궁극의 쉐프』
이경영 『그라니트:용들의 땅』	문용신 『절대호위』
탁목조 『일곱 번째 달의 무르무르』	천지무천 『변혁 1990』
강성곤 『메이저리거』	SOKIN 『코더 이용호』

이름만 들어도 황홀할 정도의 별들의 향연!
이들의 "유료연재"가 시작됩니다!

초대형 24시 만화방

신간 100%, 샤워실, 흡연실, 수면실(침대석), 커플석, 세탁기 완비

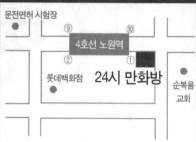

■ 강북 노원역점 ■

운전면허 시험장
⑨　⑩
4호선 노원역
②
롯데백화점　24시 만화방
순복음
교회

서울 노원구 상계동 340-6 노원역 1번 출구 앞 3층
02) 951-8324 (화용빌딩 3층)

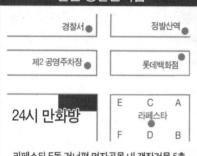

■ 일산 정발산역점 ■

경찰서　정발산역
제2 공영주차장　롯데백화점
24시 만화방　E　C　A
　　　　　　　라페스타
　　　　　　　F　D　B

라페스타 E동 건너편 먹자골목 내 객잔건물 5층
031) 914-1957

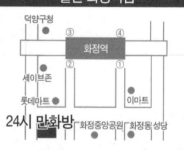

■ 일산 화정역점 ■

덕양구청
③　④
화정역
②　①
세이브존
롯데마트　이마트
24시 만화방　화정중앙공원　화정동 성당

경기도 고양시 덕양구 화정동 984번지 서일빌딩 7층
031) 979-4874 (서일사우나 건물 7층)

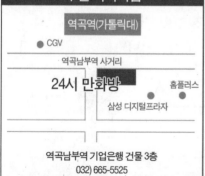

■ 부천 역곡역점 ■

역곡역(가톨릭대)
CGV
역곡남부역 사거리
24시 만화방　홈플러스
삼성 디지털프라자

역곡남부역 기업은행 건물 3층
032) 665-5525

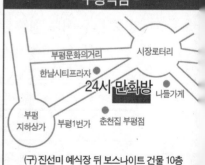

■ 부평역점 ■

부평문화의거리　시장로터리
한남시티프라자
24시 만화방　나들가게
부평
지하상가　부평1번가　춘천집 부평점

(구) 진선미 예식장 뒤 보스나이트 건물 10층
032) 522-2871

이민섭 新무협 판타지 소설

THE ORIENTAL HEROES

역천마신

사술을 경계하라!

『역천마신』

소림의 인정을 받지 못한 비운의 제자 백문현.
무림맹과 마교의 음모로 무림 공적으로 몰린
그에게 찾아온 선택의 기회.

"사술, 이것을 받아들인다면 인세에 다시없을 악귀가 될 것이네."

복수를 위해 영혼을 걸고 시전한 사술이 이끈 곳은
제남의 망나니 단진천의 몸.

"무림맹 그리고 마교, 그 두 곳을 박살 낼 것이다."

이제 그의 행보에 전 무림이 긴장한다!

Book Publishing CHUNGEORAM

허담 新무협 판타지 소설
FANTASTIC ORIENTAL HEROES

신력을 타고났으나 그것은 축복이 아닌 저주였다.

『십자성 - 전왕의 검』

남과 다르기에 계속된 도망자의 삶.
거듭된 도망의 끝은 북방 이민족의 땅이었다.
야만자의 땅에서 적풍은 마침내 검을 드는데……!

"다시는 숨어 살지 않겠다!"

쫓기지 않고 군림하리라!
절대마지 십자성을 거느린
적풍의 압도적인 무림행이 시작된다!

paráclito

빠라끌리또

FUSION FANTASTIC STORY

가프 장편 소설

막장 비리 검사가
최고의 검사로 거듭나기까지!
그에겐 비밀스러운 친구가 있었다.

『빠라끌리또』

운명의 동반자가 된 '빠라끌리또'가 던진 한마디.

─밍글라바(안녕하세요)!

그 한마디는 막장 비리 검사, 송승우의
모든 것을 통째로 리뉴얼시켜 버렸다.

빠라끌리또=Helper, 협력자, 성령.

Book Publishing CHUNGEORAM

유행이 아닌 자유추구 –
WWW.chungeoram.com

철백 新무협 판타지 소설

FANTASTIC ORIENTAL HEROES

大武

대
무
사

피와 비명으로 얼룩진 정마대전의 종결.
그리고…

"오늘부로 혈영대는 해산한다."

혈영대주 이신.
혈영사신(血影死神)이라고 불리는 그가
장장 십오 년 만에 귀향길에 올랐다.

더 이상 전쟁의 영웅도, 사신도 아니다!

무사 중의 무사, 대무사 이신.
전 무림이 그의 행보를 주목한다!

Book Publishing CHUNGEORAM

유행이 아닌 자유추구 ─
WWW.chungeoram.com